Sonhos de uma menina negra

Sonhos de uma menina negra

Jacqueline Woodson

tradução nina rizzi

baião

*Este livro é para minha família —
passado, presente e futuro.
Com amor.*

PARTE I
eu nasci — 11

PARTE II
as histórias da carolina do sul
correm como rios — 53

PARTE III
seguindo as constelações
espelhadas no céu para a liberdade — 145

PARTE IV
no fundo do meu coração, eu acredito — 207

PARTE V
pronta para mudar o mundo — 279

A HISTÓRIA NÃO TERMINOU
mais sete poemas de jacqueline woodson — 317

árvore genealógica da família woodson — 328
árvore genealógica da família irby — 329

nota da autora — 331
agradecimentos — 334

Agarre-se aos sonhos
Pois se os sonhos morrem
A vida é um pássaro de asas quebradas
Que não pode voar

Agarre-se aos sonhos
Pois quando os sonhos se vão
A vida é terra estéril
Pela neve congelada

— Langston Hughes

PARTE I

eu nasci

12 de fevereiro de 1963

Eu nasci numa terça-feira no Hospital Universitário
de Columbus, Ohio,
Estados Unidos —
um país preso

entre o preto e o branco.

Eu nasci não muito tempo depois
nem muito longe do lugar
onde
meus tataravós
trabalharam na terra tão rica e escura
sem receber nada
de sol a sol
bebendo água fresca recolhida em cabaças
olhando para cima e seguindo
as constelações espelhadas no céu
para a liberdade.

Eu nasci quando o Sul explodiu,
muita gente por muitos anos
escravizada, depois emancipada,
mas não livre, as pessoas
que se parecem comigo
continuaram lutando
e marchando

›

e sendo mortas
para que hoje —
12 de fevereiro de 1963 —
e todos os dias, desde então,
crianças negras como eu possam crescer
livres. Possam crescer
aprendendo, votando, caminhando, galgando
onde *a gente* quiser.

Eu nasci em Ohio, mas
as histórias da Carolina do Sul correm
como rios
nas minhas veias.

segundo dia
da segunda filha na terra

Na minha certidão de nascimento consta: Sexo feminino,
[Negra
Mãe: Mary Ann Irby, 22, Negra
Pai: Jack Austin Woodson, 25, Negro

Em Birmingham, Alabama, Martin Luther King Jr.
está planejando uma marcha em Washington,
[onde
John F. Kennedy é presidente.
No Harlem, Malcolm X está em cima de um palanque
falando sobre uma revolução.

*Do lado de fora da janela do Hospital Universitário,
a neve cai, vagarosa. Tanto que já
cobre esse vasto solo de Ohio.*

Em Montgomery, passaram-se apenas sete anos
desde que Rosa Parks se recusou
a ceder
seu assento num ônibus da cidade.

*Nasci com pele escura, cabelos pretos
e olhos arregalados.
Nasci Negra aqui e De cor ali*

e em outro lugar,
o quarteto Freedom Singers uniu os braços,
seus protestos se transformaram em música:
No fundo do meu coração, eu acredito
que um dia venceremos.*

e em outro lugar, James Baldwin
está escrevendo sobre injustiça, em cada romance,
cada ensaio, mudando o mundo.

> *Ainda não sei quem serei*
> *o que direi*
> *como direi...*

Não se passaram nem três anos desde que uma garotinha
[preta
chamada Ruby Bridges
entrou numa escola só para brancos.
Guardas armados a cercaram enquanto centenas
de pessoas brancas cuspiam nela e a xingavam.

Ruby tinha seis anos.

> *Não sei se serei forte como Ruby.*
> *Não sei como será o mundo*
> *quando eu finalmente conseguir andar, falar, escrever...*
> Outra Buckeye! ›

---

* Trecho da canção de protesto "We Shall Overcome". No original: "*Deep in my heart, I do believe / That we shall overcome someday*". [N. E.]

a enfermeira diz para minha mãe.
Já sou nomeada para este lugar.
Ohio. *O estado das árvores Buckeye.**
Meus dedos se fecham em punhos, automaticamente.
Esse é o gesto, *minha mãe disse,*
das mãos de todo bebê.
Não sei se essas mãos se tornarão
as de Malcolm — punho em riste
ou de Martin — espalmadas e clamando
ou de James — segurando uma caneta.
Não sei se essas mãos serão
como as de Rosa
ou de Ruby
delicadamente agasalhadas
e ferozmente cruzadas
calmamente no colo,
numa mesa,
carregando um livro,
prontas
para mudar o mundo...

---

* Trata-se da árvore "oficial" de Ohio. [N. E.]

uma menina chamada jack

Pra mim, foi um nome muito bom, meu pai disse
no dia em que eu nasci.
*Não vejo por que
ela não pode ter também.*

Mas as mulheres disseram não.
Minha mãe primeiro.
Depois, cada tia, puxando minha manta cor-de-rosa,
acariciando a farta colheita de cachos,
apertando meus tenros dedos dos pés,
tocando minhas bochechas.

A gente não vai ter uma menina chamada Jack, minha
[mãe disse.

E as irmãs do meu pai sussurravam:
*Como se um menino chamado Jack já não fosse ruim
[o bastante.*
Mas só para minha mãe ouvir.
Chame uma menina de Jack, meu pai disse,
*e não tem como ela não
crescer forte.*
Crie direito, meu pai disse,
e ela faz seu próprio nome.
*Chame uma menina de Jack
e as pessoas vão olhar pra ela duas vezes*, meu pai disse.

*Sem nenhum motivo, a não ser pra perguntar se seus pais
são malucos*, minha mãe disse.

E nesse vaivém até que eu era Jackie
e meu pai saiu do hospital irritado.

Minha mãe disse para minhas tias,
Me dá essa caneta, escreveu
Jacqueline onde pedia um nome.
Jacqueline, apenas para o caso
de alguém pensar em largar o *ie*.

Jacqueline, apenas para o caso
de eu crescer e querer algo um pouco mais longo
e distante de
Jack.

os woodson de ohio

A família do meu pai
pode traçar sua história
até Thomas Woodson de Chillicothe, considerado
o primeiro filho
de Thomas Jefferson e Sally Hemings
alguns dizem
que não, mas...

os Woodson de Ohio sabem
o que os Woodson que vieram antes deles
deixaram nas Bíblias, nas histórias,
nessa história que se move através do tempo

portanto

se perguntar a qualquer Woodson por que
não dá para seguir a linhagem dos Woodson
sem
encontrar
pessoas na medicina, no direito, nas escolas,
nos esportes, nas universidades e no governo,
eles dirão:
Tivemos uma vantagem.
Eles dirão:
Thomas Woodson esperava o melhor de nós.
Eles vão se inclinar para trás, entrelaçar os dedos ›

sobre o peito,
sorrir um sorriso que é mais antigo do que o tempo,
[e dirão:

*Então, tudo começou bem antes de Thomas Jefferson
Woodson de Chillicothe...*

e começarão a contar nossa longa, longa história.

os fantasmas da casa de nelsonville

Os Woodson são uma
das poucas famílias negras nesta cidade, sua casa
é grande e branca e fica
numa colina.

Olhando lá em cima
dá para vê-los
através das janelas altas
dentro de uma cozinha iluminada pela luz
do sol aguado de Nelsonville. Na sala,
uma lareira aquece
o longo inverno de Ohio.

Continuamos a olhar e é primavera de novo,
a luz agora é dourada e dança
sobre o chão de pinho.

Certa vez, havia tantas crianças aqui
correndo nesta casa
subindo e descendo as escadas, se escondendo debaixo
                                    [das camas
e em baús,
entrando sorrateiras na cozinha para beliscar
bolo gelado, frango frito frio,
fatias grossas do presunto assado com mel da mãe...

Certa vez, meu pai foi um bebê aqui
e depois um garoto...

Mas isso foi há muito tempo.

Nas fotos, meu avô é mais alto do que todo mundo ali
e minha avó é apenas um centímetro menor.

Nas paredes, seus filhos correm pelos campos,
    brincam nas piscinas,
dançam em quartos cheios de adolescentes, todos eles

cresceram e foram embora —
mas calma!

Olhando bem de perto:

Lá está tia Alicia, a menininha,
cachos em espiral sobre os ombros, as mãos
em concha em volta de um buquê de flores. Apenas
quatro anos naquela foto, e já era
uma leitora.

Ao lado de Alicia outra foto: meu pai, Jack,
o filho mais velho.
Oito anos e zangado com alguma coisa
ou seria com alguém
que não dá para ver?

Em outra foto, meu tio Woody,
garotinho
rindo e apontando
a casa de Nelsonville atrás dele e talvez
seu irmão no fim do seu dedo que aponta.

Minha tia Anne com seu uniforme de enfermeira,
minha tia Ada com seu suéter universitário
Buckeye até os ossos...

Os filhos de Hope e Grace.

Olhando bem de perto. Lá estou eu
no sulco da testa de Jack,
na astúcia do sorriso de Alicia,
na curva da mão de Grace...

Lá estou eu...

Começando.

vai ser assustador
às vezes

Meu tataravô por parte de pai
nasceu livre em Ohio,

1832.

Construiu sua casa e cultivou sua terra,
depois escavou carvão quando a agricultura
não era suficiente. Lutou muito
na guerra. Seu nome em pedra agora
está no Memorial da Guerra Civil:

William J. Woodson
Tropas de Cor dos Estados Unidos,
União, Companhia B 50 Regt.

Há muito tempo morto, mas
ainda vivo entre os outros soldados
naquele monumento em Washington, DC.

Seu filho foi enviado para Nelsonville
morava com uma tia
William Woodson
o único menino negro numa escola totalmente branca.

Você vai enfrentar isso algum dia na sua vida,
minha mãe nos diz ›

repetidas vezes.
Aquele momento em que você entra num lugar

e ninguém lá é como você.

*Será assustador às vezes. Mas pense em William Woodson
e você ficará bem.*

sonhos de futebol

Ninguém era mais rápido
do que meu pai no campo de futebol americano.
Ninguém conseguia impedi-lo
de cruzar a linha. Nem
recuperar a posse de bola.
Os treinadores observavam o jeito que ele se movia,
seu passo fácil, seus longos braços estendidos
para cima, alcançando a bola delicada
no ar.

Meu pai sonhava com o futebol americano,
e conseguiu uma bolsa de estudos
na Universidade Estadual de Ohio.
Adulto agora
vivendo a vida da cidade grande
em Columbus
a apenas noventa e seis quilômetros
de Nelsonville
e de lá
a Interestadual 70 pode te levar
a oeste para Chicago
a Interestadual 77 pode te levar ao sul
mas meu pai disse
nenhum Buckeye negro em sã consciência
iria querer ir para lá.

De Columbus, meu pai disse,
você pode ir pra
qualquer lugar.

memória de outras pessoas

Você nasceu de manhã, a vovó Georgiana disse.
*Eu me lembro do som dos pássaros. Aqueles
velhos gaios azuis grasnando. Eles gostam de brigar, sabe.
Não mexa com os gaios azuis!
Ouvi dizer que eles podem matar um gato se estiverem*
[muito bravos.

*Depois o telefone tocou.
No meio de tudo parado e daquele grasnado, ouvi
sua mãe me contando que você estava chegando.
Outra menina, fiquei lá pensando,
tão perto da primeira.
Que nem sua mãe e Caroline. Nem sequer
um ano entre elas, tão perto que mal dava pra saber
onde terminava uma e começava a outra.
E é assim que eu sei que você chegou de manhã.
É assim que eu me lembro.*

Você chegou no fim da tarde, minha mãe disse.
*Dois dias depois que eu fiz vinte e dois anos.
Seu pai estava no trabalho.
Pegou um ônibus na hora de pico
tentando
chegar antes de você. Mas
na hora que ele chegou,
você já estava aqui.*

›

Ele perdeu esse momento, minha mãe disse,
mas qual é a novidade.

Você é a única que nasceu perto da noite,
      meu pai diz.
Quando eu te vi, falei, ela é a azarada
que saiu parecendo com o pai.
Ele ri. *Já de cara, eu falei pra sua mãe,*
vamos chamar essa aí pelo meu nome.

Minha hora de nascimento não consta
na certidão, então se perdeu
em meio à memória falha de outras pessoas.

sem devoluções

Quando minha mãe chegou
do hospital comigo,
meu irmão mais velho deu uma olhada
no interior da manta cor-de-rosa e disse:
Devolve ela. A gente já tem uma dessas.

Já tem três anos e ainda não entende
como algo tão pequeno e novo
não pode ser devolvido.

saber escutar #1

Em algum lugar do meu cérebro,
cada risada, lágrima e canção de ninar
se torna *memória*.

tio odell

Seis meses antes da minha irmã mais velha nascer,
meu tio Odell foi atropelado por um carro
enquanto estava em casa, na Carolina do Sul,
de licença da Marinha.

Quando o telefone tocou na casa de Nelsonville,
talvez minha mãe estivesse fora pendurando roupas
no varal ou lá embaixo na cozinha,
falando baixinho com a sogra, Grace, sentindo
falta da sua mãe em casa.
Talvez o carro já estivesse cheio e pronto para a viagem
de volta a Columbus — o lugar que meu pai
chamava de Cidade Grande — agora a casa *deles*.
Mas todo sábado de manhã eles dirigiam
uma hora até Nelsonville e ficavam
até a noite de domingo.

Talvez, pouco antes do telefone tocar, amanhã

seria apenas mais um dia.

Mas quando a notícia da morte do meu tio
viajou do lugar em que ele caiu na Carolina do Sul
para a manhã fria de março em Ohio,
minha mãe olhou para um dia cinzento
que a transformaria para sempre.

Seu irmão

minha mãe ouviu sua própria mãe dizer
e então houve apenas um rugido no ar ao seu redor
uma nova dor onde antes não havia dor
um vazio onde minutos antes
ela estava inteira.

boas notícias

Meses antes daquele frio congelante
do inverno de Buckeye se instalar em Ohio,
a última luz de setembro trouxe

minha irmã mais velha,

chamada
Odella Caroline, em homenagem ao meu tio Odell
e à minha tia Caroline.

Na Carolina do Sul, o telefone toca.

Enquanto a mãe da minha mãe se aproxima,
ela fecha os olhos e
depois os abre para observar o quintal.
Ao alcançá-lo,
ela vê a maneira como a luz desliza
pelas pesadas folhas dos pinheiros, manchando tudo
com a suave luz de setembro...

Com a mão no telefone, ela o levanta
rezando em silêncio
pelas boas notícias
que o suave frio do outono
finalmente está trazendo para ela.

minha mãe e grace

É o Sul que mantém minha mãe
e a mãe do meu pai, Grace,
unidas.
A família de Grace também é de Greenville.
Então minha mãe
a acolhe como um lar, de um jeito que seus filhos
não conseguem entender.
Você sabe como são aqueles Woodson, Grace diz.
Os Woodson isso e o Norte aquilo
fazendo a mamãe sorrir; lembro
que Grace também era outra pessoa antes. Lembro
que Grace, como minha mãe, nem sempre foi uma Woodson.

Elas são o *lar* uma da outra, Grace
para minha mãe é tão familiar
quanto o ar de Greenville.

Ambas conhecem aquele jeito sulista de falar
sem palavras, lembro quando
o calor do verão
podia derreter a boca,
então o pessoal ficava quieto
olhando para a terra,
acenando para o que parecia nada,
mas aquele aceno silencioso dizia tudo
que alguém precisava ouvir.

Aqui em Ohio, minha mãe e Grace
não têm medo
de muito espaço entre as palavras, são felizes
apenas por ter outro corpo familiar na sala.

Mas as poucas palavras na boca da minha mãe
se tornam a *falta*
depois que Odell morreu — um silêncio diferente
do que qualquer uma delas já conheceu.

Sinto muito pelo seu irmão, Grace diz.
Acho que Deus precisava dele e então te mandou uma
                                    [*menina.*
Mas ambas sabem
que o vazio da falta ainda não está preenchido.
Hmm, minha mãe diz.
Abençoados os mortos e os vivos, Grace diz.
Depois mais silêncio
ambas sabendo que
não há mais nada a dizer.

todo inverno

Todo inverno,
assim que a primeira neve começa a cair,
minha mãe volta para a casa da Carolina do Sul.

Às vezes,

meu pai vai com ela, mas quase sempre não vai.

Então ela entra no ônibus sozinha.
O primeiro ano com um,
o segundo ano com dois
e, finalmente, com três filhos, Hope e Dell se agarrando
em cada perna e eu
nos seus braços. Sempre
acontece uma briga antes de ela ir embora.

Ohio

é onde meu pai quer estar,
mas para minha mãe
Ohio nunca será um lar,
não importa
quantas plantas ela traga
para casa todo inverno, cantando baixinho para elas,
a cadência das suas palavras uma lufada
de ar quente se movendo sobre cada folha.

›

Em troca, elas mantêm sua cor
mesmo quando a neve começa a cair. Um lembrete
do Sul profundo e verde. Uma promessa
de vida

em algum lugar.

jornada

Você pode ficar com seu Sul, meu pai disse.
*Do jeito que trataram a gente lá embaixo,
tirei sua mãe de lá o mais rápido que pude.
Trouxe ela aqui pra Ohio.*

*Falei pra ela que nunca vai ter um Woodson
sentado no fundo de um ônibus.
Nunca um Woodson vai ter que se abaixar
Sim senhor e Não senhor pra gente branca.
Nunca que um Woodson foi feito pra olhar
pro chão.*

Vocês, crianças, são mais fortes do que isso, meu pai disse.
*Vocês, crianças Woodson, merecem ser
tão boas quanto já são.*

Sim senhor, Bob, meu pai disse.
Você pode ficar com sua Carolina do Sul.

greenville,
carolina do sul, 1963

No ônibus, minha mãe vai com a gente para os fundos.
É 1963
na Carolina do Sul.
Perigoso demais se sentar na frente
   e desafiar o motorista
a fazê-la se mudar. Não com a gente. Não agora.
Estou nos seus braços com apenas três meses. Minha
                                    [irmã
e meu irmão se espremem no assento ao lado dela.
                                    [Brancos
a camisa, o laço e a cabeça raspada do meu irmão.
   As tranças da minha irmã
com fitas brancas.

Senta direito, minha mãe diz.
E fala para o meu irmão tirar os dedos
   da boca.
Eles fazem o que ela manda.
Mesmo sem saber por que precisam obedecer.
Aqui não é Ohio, minha mãe diz,
   como se entendêssemos.
Na sua boca uma leve camada de batom, suas costas
afiadas como uma linha. NÃO ULTRAPASSE!
PESSOAS DE COR ATRÁS!
Cruze a calçada se uma pessoa branca vier na sua direção
não olhe nos seus olhos. Sim senhor. Não senhor.   ›

Me desculpe.
Com os olhos fixos à frente, minha mãe
está a quilômetros daqui.

Então sua boca se suaviza, sua mão mexe com delicadeza
na cabeça quente do meu irmão. Ele tem três anos,
seus olhos arregalados para o mundo, suas orelhas grandes
já escutam tudo. *Somos tão bons quanto qualquer pessoa*,
minha mãe sussurra.

Tão bons quanto qualquer pessoa.

lar

Logo...

Estamos perto da casa dos meus outros avós,
    pedra vermelha pequena,
imenso quintal rodeando.
Hall Street.
Um balanço na varanda sedento de óleo.
Um vaso de azáleas desabrochando.
Um pinheiro.
Poeira vermelha flutuando
em torno dos sapatos recém-engraxados da minha mãe.

Bem-vindos ao lar, meus avós dizem.
    Seus braços pretos
e calorosos à nossa volta. Um lenço branco
    bordado de azul
enxuga as lágrimas da minha mãe. E eu,
o novo bebê, bem fundo
dentro desse amor.

os primos

É o aniversário da minha mãe e a música
está alta.

Os primos dela à sua volta — do jeito que era
antes de ela partir.
Os mesmos primos com quem brincava quando menina.
Lembra daquela vez, eles perguntam,

Que roubamos a torta de pêssego do parapeito da janela de
                                        [dona Carter,
ficamos presos naquela vala debaixo da casa do Todd,
escalamos aquela cerca e entramos na piscina de Greenville,
a gente não tinha medo nem de ser presos, de tiro!
Ninguém ia dizer pra gente onde podemos ou não nadar!

E ela ri, lembrando de tudo.

No rádio, Sam Cooke canta
   "Twistin' the Night Away":

Let me tell you 'bout a place
*Somewhere up-a New York way**

* "Me deixa te falar dum lugar/ Algum lugar ali em Nova York." [N. T.]

Os primos vieram de lugares tão distantes quanto
[Spartanburg
os meninos vestidos com calças skinny,
as meninas com saias esvoaçantes que rodopiam, quando elas
giram por toda a noite.
O noivo da prima Dorothy, segurando firme a mão dela
    enquanto giram;
o primo Sam dançando com a mamãe, pronto para pegá-la
    se ela cair, ele diz;
e minha mãe se lembra de quando era uma garotinha,
    olhando para baixo
assustada numa árvore alta
e vendo seu primo lá — esperando.

> *Here they have a lot of fun*
> *Puttin' trouble on the run*
> *Twistin' the night away.* *

Eu sabia que você não ia ficar no Norte, os primos dizem.
Seu lugar é aqui com a gente.
Minha mãe joga a cabeça para trás,
    o cabelo recém-finalizado, cacheado e brilhando
com aquele mesmo sorriso que ela tinha
    antes de ir para Columbus.
Ela é MaryAnn Irby de novo. A filha mais nova
    de Georgiana e Gunnar.

Ela está em casa.

---

* "Aqui se divertem muito/ Botando os problemas pra correr/ Girando por toda a noite." [N. T.]

ônibus noturno

Meu pai chega num ônibus noturno, chapéu nas mãos.
É maio agora e a chuva está caindo.
   Mais tarde, com o fim dessa chuva
virá o cheiro doce de madressilva, mas agora
há apenas o céu se abrindo e as lágrimas do meu pai.
Sinto muito, ele sussurra.

Essa luta acabou, por agora.

Amanhã, viajaremos em família
de volta a Columbus, Ohio,
Hope e Dell brigando por um lugar
no colo do meu pai. Greenville
com seus caminhos bifurcados encolhendo
atrás de nós.

Agora, meus pais estão se abraçando
   na calorosa chuva da Carolina.

Sem passado.

Sem futuro.

Apenas este perfeito Agora.

depois de greenville #1

Depois que o frango é frito e embrulhado em papel-manteiga,
disposto delicadamente em caixas de sapatos
    e amarrado com barbante...

Depois que o pão de milho é cortado em fatias, os pêssegos
são lavados e secos...

Depois que o chá doce é derramado em potes de conserva
    bem tampados
e o recheio dos ovos despejado dentro
    das camas de clara,
em tigelas de porcelana que agora são da minha mãe,
    um presente
que sua mãe deu a ela para a viagem...

Depois que as roupas são dobradas nas malas,
as fitas de cabelo e as camisas lavadas e passadas...

Depois que minha mãe passa o batom, e a barba
áspera do meu pai desaparece...

Depois que nosso rosto é besuntado
com uma fina camada de vaselina, retirada suavemente
com um pano úmido e frio...

então é hora de se despedir,
        nós um punhadinho de crianças
apertadas contra o avental da minha avó, as lágrimas
correndo dos seus olhos...

Depois que a noite cai e é seguro
        para pessoas negras saírem
do Sul sem ser abordadas
e às vezes espancadas
e sempre questionadas:

Você é daquela gente do Freedom Riders?*
Você é daquela gente dos direitos civis?
Quem te deu o direito...?

Embarcamos no ônibus Greyhound, com destino
a Ohio.

---

* Viajantes da Liberdade: grupos compostos de pessoas negras e brancas que viajavam em ônibus interestaduais em direção ao Sul para protestar contra as leis e os costumes que impunham a segregação nos assentos. Na época, determinados lugares só podiam ser ocupados por pessoas brancas. [N. E.]

rios

O rio Hocking corre como um braço fluindo para longe
do rio Ohio
atravessa as cidades como se
buscasse sua própria liberdade, da mesma forma
que o rio Ohio corre para o norte da Virginia até
estar em segurança
bem longe do Sul.

Cada cidade que o Hocking toca conta uma história:
Athens
Coolville
Lancaster
Nelsonville,
cada
uma delas esperando as águas do Hocking lavar tudo. Então,

como se o rio se lembrasse a que lugar pertence
e a quem pertence,
reinicia seu círculo, se junta
ao Ohio novamente
como se dissesse:
sinto muito.
como se dissesse,
fui embora,
mas agora
estou em casa de novo.

partindo de columbus

Quando meus pais brigaram pela última vez,
meu irmão mais velho tinha quatro anos,
minha irmã, quase três anos,
e eu tinha acabado de comemorar meu primeiro
[aniversário

sem celebração.

Há apenas uma fotografia deles
do tempo que passaram juntos,
uma foto de casamento, arrancada de um jornal local;
ele de terno e gravata,
ela de vestido de noiva, linda,
embora nenhum dos dois esteja
sorrindo.

Apenas uma fotografia.

Talvez a lembrança de Columbus fosse demais
para minha mãe continuar
guardando.
Talvez a lembrança da minha mãe
tenha sido uma pedra dolorosa no coração do meu pai.
Mas como foi quando
ela finalmente o deixou?

Uma mulher de quase um metro e oitenta, de costas eretas
e orgulhosa, descendo
uma rua fria de Columbus, duas crianças pequenas
ao seu lado e um bebê que ainda engatinhava
nos braços.

Meu pai, cuja pele preta-avermelhada
mais tarde me lembraria
da terra vermelha do Sul
e de tudo o que havia de rico nela, parado
no quintal, uma mão
na grade preta de metal, a outra se erguendo
num aceno fraco de adeus.

Como se fôssemos simplesmente convidados
partindo depois do jantar de domingo.

PARTE II

as
histórias
da
carolina do sul
correm
como rios

nossos nomes

Na Carolina do Sul, nos tornamos
Os Netos
Os Três Pequenos Gunnar
Os Netos da Irmã Irby
Os Bebês da MaryAnn

E quando chamados pelos nossos nomes
minha avó
nos transforma num só
HopeDellJackie
menos meu avô
que no seu tempo delicado vai dizendo cada um
como se tivesse o dia inteiro

ou uma vida inteira.

ohio atrás de nós

Quando perguntamos para a mamãe quanto tempo
                          [vamos ficar aqui,
às vezes ela diz *por um tempo* e às vezes
ela fala para não perguntarmos mais
porque ela não sabe quanto tempo vamos ficar
na casa onde ela cresceu
na terra que ela sempre conheceu.

Quando perguntamos, ela conta
que era a esse lugar que pertencia,
mas sua irmã, Caroline, nossa tia Kay, mudou
para o Norte,
seu irmão Odell está morto agora
e seu irmão mais novo, Robert, diz que quase conseguiu
dinheiro suficiente para ir atrás de Caroline em Nova York.

Talvez eu devesse ir pra lá também, minha mãe diz.
Todos os outros, ela diz,
têm um novo lugar pra estar agora.

Todos os outros
foram embora.
E agora voltar para casa
não é realmente voltar para casa
não mesmo.

a roça

A cada primavera
o escuro chão de Nicholtown é preenchido
com a promessa
de que a terra pode prover
se o solo for trabalhado
plantadas as sementes
arrancados os capins.

Meu avô sulista se livrou da escravidão
por uma geração. Seu avô
foi tido como propriedade.
Seu pai trabalhava
na terra de sol a sol
com a promessa do algodão
e uma miséria como pagamento.

Então é nisto que ele acredita, em
suas mãos na terra fria
até que o solo devolva tudo
o que nele for semeado.

Ervilhas-de-cheiro e couves,
pimentões e pepinos
alfaces e melões,

amoras e pêssegos e um dia
quando puder, meu avô diz,
vou descobrir como cultivar noz-pecã.

Deus dá o que a gente precisa, minha avó diz.
Melhor nem pedir mais do que isso.

Humpf, meu avô diz. E volta
a trabalhar a terra, colhendo dela tudo de que precisamos

e mais do que isso.

crias de gunnar

Ao entardecer, assim que os vaga-lumes começam a
                              [piscar, meu avô
faz seu caminho de volta
para casa.
Nós o vemos vindo devagar pela estrada,
sua marmita prateada balançando
suavemente contra a perna. Quando
ele vai chegando mais perto, o ouvimos
cantando:

"Where will the wedding supper be?
*Way down yonder in a hollow tree. Uh hmmm..."**

Boa noite, dona Clara. Noite, dona Mae.
Como tá essa perna, dona Bell?
Tá cozinhando o quê, tia Charlotte, tá pensando
em fazer algo preu comer?
Sua voz ecoando pela Hall Street, circulando
pelas estradas de Nicholtown
e talvez por todo o grande e vasto mundo...

Talvez lá em Nova York,
tia Kay esteja ouvindo
e pensando em voltar para casa...   ›

---

* "Onde será o jantar de casamento?/ Lá embaixo, numa árvore
   oca. Hmrum..." [N. T.]

Então ele fica perto o bastante, a uma corrida de
[distância — nós três
o escalamos como uma árvore até ele gargalhar.

Nós o chamamos de papai.
É assim que nossa mãe o chama também.
Isso é tudo o que sabemos agora.

Papai parece mais alto do que qualquer
outra pessoa em Greenville.
Mais bonito também...
Seu queixo quadrado e os olhos castanho-claros
tão diferentes dos nossos
rostos estreitos e olhos escuros. Ainda
assim, sua mão é quente e forte pegando na minha
enquanto pulo ao seu lado,
o vento soprando à nossa volta. Ele diz:
Cês são crias de Gunnar.
Só continuem lembrando disso.

Só continuem lembrando...

As noites de Nicholtown são assim,
papai
voltando para casa,

eu
pulando nos seus braços,
os outros
correndo ao seu redor

›

60

todos nós sorrindo
todos nós falando
todos nós o amando.

no fim do dia

Há homens brancos que trabalham na gráfica
ao lado do papai, seus dedos enegrecidos
de tinta, então no fim do dia, de palmas para cima
é difícil dizer quem é branco e quem não é, ainda
assim chamam meu avô de Gunnar,
embora ele seja encarregado
e devesse ser chamado
de sr. Irby.
Mas ele olha nos olhos dos homens brancos
vê como muitos deles não conseguem entender
um homem negro
dizendo-lhes o que fazer.
Isso é novo. Rápido demais para eles.
Os tempos são outros no Sul.

Às vezes eles não ouvem.
Às vezes eles dão as costas.
No fim do dia, o jornal é impresso,
as máquinas são desligadas e cada homem
bate o ponto e vai embora, mas

apenas pessoas negras
voltam para suas casas em Nicholtown.
Aqui, não se pode olhar para a direita e a esquerda ou para
[cima e para baixo ›

sem ver pessoas negras.
Cidade de Cor. Cidade Negra. Até mesmo algumas
[palavras maldosas
para nomear onde moramos.

Minha avó conta para nós
que esse é o jeito do Sul. *Pessoas negras ficam
no lugar de onde dizem que são*. Mas
os tempos são outros.
E as pessoas estão ansiosas para ir aonde quiserem.

Esta noite, porém,
estou feliz por ser
de Nicholtown.

jornada de trabalho

Mulheres negras têm jornada ininterrupta de trabalho.
De manhã, seus corpos escuros
enchem os ônibus que cruzam a cidade,
levando-as
de Nicholtown
para o outro lado
de Greenville
onde moram os brancos.
Nossa avó nos conta isso
enquanto põe um chapeuzinho com um broche de
[topázio na cabeça,
veste luvas brancas
nas mãos pretas e macias.
Dois dias por semana, junta-se às mulheres,
assumindo esse segundo emprego agora
que há mais quatro bocas para alimentar
e o dinheiro
que ganha dando aulas meio período já não é mais
o bastante. *Eu não tenho vergonha*, ela diz,
se precisar limpar, eu limpo. Não tenho vergonha,
se enche a barriga dos meus filhos.
Quando ela volta à noite, suas mãos
estão pálidas de lavar as roupas dos outros,
Na maioria das vezes à mão,
os tornozelos inchados de ficar o dia todo
arrumando camas, limpando o chão,

›

sacudindo a poeira das cortinas,
catando a sujeira dos filhos dos outros, cozinhando,
numa lista
sem fim de afazeres.
Que nenhum de vocês acumule jornadas, ela nos
[aconselha.
Faço isso agora pra que vocês não precisem fazer.
E talvez em Nicholtown outras crianças
também a estejam ouvindo.

Pegue os sais de Epsom, ela diz se recostando
na cadeira marrom macia, fechando os olhos.
Quando ela não está, Hope, Dell e eu nos esprememos
lado a lado ali e ainda sobra espaço
para mais alguém.
Enchemos uma panela com água morna, despejamos
os sais, mexemos e carregamos com cuidado
até os pés dela. Brigamos para ver quem vai conseguir
massagear o inchaço dos tornozelos da minha avó,
recebendo seu sorriso no rosto
e as histórias enchendo a sala silenciosa demais.

*Vocês podiam ter comido do próprio chão
quando saí daquela casa hoje,*
minha avó começa, deixando escapar um suspiro pesado.
[*Mas*
*deixa eu contar pra vocês,
quando cheguei lá, vocês iam ter pensado
que o Diabo em pessoa apareceu...*

cantiga de ninar

À noite, todos os seres vivos competem
por uma chance de serem ouvidos.
Os grilos
e os sapos clamam.
Às vezes, se ouve o suave
uuh-uuh de uma coruja perdida
entre os pinheiros.
Nem os cachorros descansam antes
de uivarem
para a lua.

Mas os grilos sempre triunfam, bem depois
que os sapos param de coaxar
e a coruja encontra o caminho de casa.
Bem depois de os cachorros terem se deitado
perdendo a batalha contra o sono,
os grilos continuam
como se soubessem que sua canção
é nossa cantiga de ninar.

tempos bíblicos

Minha avó deixa sua Bíblia numa prateleira
ao lado da sua cama. No fim do dia,
ela lê baixinho para si mesma, e pela manhã
nos conta as histórias
sobre como Noé ouviu
a palavra de Deus
reuniu dois animais de cada espécie dentro da arca,
                                                    [esperou
as chuvas chegarem e navegou com segurança
enquanto os pecadores se afogavam.

É manhã agora e navegamos com segurança
pela noite de Nicholtown,
nossas orações noturnas,
Jeová, por favor, nos conceda outro dia,
agora respondidas.
Biscoitos quentinhos e com manteiga param a meio
                                                    [caminho
da nossa boca. *Quanta chuva foi necessária
pra destruir os pecadores? Que mentiras contaram
pra morrer de tal morte? Qual era o volume da chuva
quando desabou? Como Noé sabia
que a cobra não ia morder, o touro
não ia atacar, a abelha não ia picar?*
Nossas perguntas vêm rápido, mas queremos
mais as histórias do que as respostas,

›

então quando minha avó diz:
Silêncio, pra eu poder contar!
Ficamos quietos.
O sonho de Jacó de uma escada para o céu, e Jesus
com as crianças ao seu redor. Moisés
na montanha, o fogo esculpindo as palavras na pedra.
Até Salomé nos intriga, seu desejo pela cabeça de um
[homem
numa bandeja — quem poderia querer isso e viver
para contar a história desse desejo?

Está chegando o outono.
Lá fora, dá para ouvir o som do vento
entre os pinheiros.
Mas lá dentro temos histórias, temos biscoitos,
mingau e ovos, a chama no fogão a lenha
enchendo a casa de calor.

Ainda trememos ao pensar na perversa Salomé,
mastigamos nossos biscoitos devagar.
Estamos seguros aqui — a quilômetros e anos de
[distância
dos Tempos Bíblicos.

a leitora

Quando não encontramos minha irmã, sabemos que
ela está embaixo da mesa da cozinha, um livro na mão,
um copo de leite e uma tigelinha de amendoim ao seu lado.

Sabemos que se chamarmos o nome Odella em voz alta,
batermos as mãos com força na mesa,
dançarmos em volta dela cantando
"She'll Be Coming 'Round the Mountain"*
tantas vezes que até enjoamos da música
e ficamos tontos de tanto rodar,
ainda assim
minha irmã não fará nada além
de virar a página lentamente.

---

* "Ela vai vir rodeando as montanhas." [N. T.]

o início

Ainda não consigo escrever uma palavra, mas aos três
anos já conheço a letra *J*
amo o jeito como ela se curva num gancho
que eu cuidadosamente cubro com um chapéu reto
do jeito que minha irmã me ensinou. Amo
o som da letra e a promessa
de que um dia estará ligada a um nome completo,

o meu

que saberei escrever

sozinha.

Sem a mão da minha irmã sobre a minha,
ela fazendo o que ainda não consigo fazer.

Como são incríveis essas palavras que lentamente
                                    [chegam até mim.
Como elas vêm e vão tão maravilhosamente.

As palavras vão acabar?, pergunto
sempre que me lembro.

Não, minha irmã diz, agora com cinco anos,
e me prometendo

o infinito.

hope

O Sul não combina
com meu irmão.
O calor abrasa sua pele.
Não coce, minha avó adverte. Mas ele coça
e sua pele fica em carne viva sob os dedos.
O pólen deixa seus olhos inchados, sua respiração curta
se acelera, há muito som ao seu redor.
Ele se move devagar, frágil agora, onde antes
era forte.
E quando seu corpo não o está atraiçoando, Ohio o trai.
As lembranças que o acordam no meio da noite, a visão
dos ombros do meu pai, a maravilhosa
casa de Nelsonville, o ar
tão fácil de respirar...

Você pode ficar com seu Sul, meu pai havia dito.

Agora Hope geralmente fica quieto,
a não ser que peçam que ele fale, com a cabeça enfiada
dentro dos quadrinhos de super-heróis que meu avô
traz para casa nas sextas-feiras. Hope procura por si
                                         [mesmo
dentro dessas páginas. Deixa suas orelhas
dobradas na segunda-feira de manhã.

O Sul
é seu arqui-inimigo.
O Sul,
sua criptonita.

os quase amigos

Ali está o menino na rua
com um buraco no coração. Certas tardes
ele vem ao nosso quintal ouvir
algumas histórias. Nossa tia Kay, contamos para ele,
mora em Nova York e talvez a gente também,
algum dia. E sim, é verdade, uma vez
moramos em Ohio, é por isso
que a gente fala desse jeito.
Não perguntamos sobre o buraco
no seu coração. A vovó avisa
em boca fechada não entra mosca.

Ali estão Cora e suas irmãs, do outro lado da rua.
A vovó tem uma frase na ponta da língua: *fiquem longe
de Coraesuasirmãs*, a mãe delas
abandonou a família, fugiu
com o pastor da igreja.
Coraesuasirmãs
às vezes
ficam sentadas olhando para nós.
Também as olhamos sem perguntar
como é não ter mãe, porque
a vovó avisa
em boca fechada não entra mosca.

Ali estão três irmãos que moram na rua,
só sabemos disso porque
a vovó contou. Eles vivem
numa casa escura
durante todo o verão, saem
à noite, quando a mãe deles volta do trabalho,
bem depois de termos tomado banho e vestido
pijamas de verão, os livros pendurados
em nossos braços.

Eles são nossos quase amigos, as pessoas
em quem pensamos quando estamos cansados de brincar
uns com os outros.

Mas a vovó diz:
Três é mais do que bom. Três é uma equipe.
Vão arranjar algo pra fazer juntos.
E a gente faz, várias vezes,
a gente arranja. Mesmo querendo perguntar para ela:
Por que não podemos brincar com eles?, não perguntamos.

Em boca fechada não entra mosca.

o jeito certo
de falar

A primeira vez que meu irmão diz *né não*, minha mãe
puxa um galho do salgueiro que cresce
morro abaixo na margem
do nosso quintal.
Enquanto a sua mão fechada desliza,
removendo as folhas,
meu irmão começa a chorar
porque o galho é um chicote agora

e não mais aquele belo chorão lá no sopé do morro.
O galho chia quando minha mãe o chicoteia
no ar e bate
nas pernas do meu irmão.

Você nunca vai, minha mãe diz,
dizer né não nesta casa.
Você nunca vai
dizer né não em lugar nenhum.

Cada chicotada é um aviso para nós:
nossas palavras devem soar nítidas e adequadas.
Nunca devemos dizer *e é?*
né não ou *cês é*
ou *vamo*.
Nunca *minha sinhora* — apenas *sim*, com os olhos
nos olhos apenas

›

para mostrar respeito.
Nunca mais minha sinhora alguma!
Palavras são muito dolorosas
uma memória para minha mãe
de dias não tão distantes
de subserviência no Sul...

A lista do que não dizer
é interminável...

Você é do Norte, nossa mãe diz.
Você sabe muito bem o jeito certo de falar.

Enquanto o chicote levanta vergões escuros nas pernas
[do meu irmão
Dell e eu observamos
com medo de abrir a boca. Pavor que o Sul
escape ou
entre nela.

a dona dos doces

Às sextas-feiras, nosso avô leva a gente
à casa da dona dos doces,
embora a vovó se preocupe que ele vá
ser a causa dos nossos dentes apodrecerem
na nossa cabeça.
Mas meu avô apenas ri,
faz a gente abrir a boca
para mostrar os fortes dentes dos Irby que herdamos
do *seu* lado da família.
Nós três ficamos ali parados, com a boca aberta,
dentes brancos e fortes lá dentro,
e a vovó tem que concordar com a cabeça, dizer:
Eles têm sorte antes de deixar a gente ir.

A pequena sala da dona dos doces é cheia
de prateleiras e prateleiras de barras de chocolate,
balas de goma, bombons, jujubas,
pães de mel, pastilhas doces,
pirulitos e balas de gelatina em tubos de alcaçuz.
Tantos doces que é até difícil escolher,
então nosso avô diz:
Peguem o que quiserem, mas eu vou querer um sorvete.
Então a dona dos doces, que tem cabelos grisalhos
e nunca sorri, desaparece
em outra sala e volta minutos depois
com uma casquinha de wafer amarelo pálido

›

com sorvete de creme de limão pingando.
Lá fora, mesmo no final da tarde,
o sol castiga,
e a ideia de um sorvete de creme de limão é refrescante,
ainda que apenas por alguns minutos,
fazendo todos nós pedirmos ao mesmo tempo: *eu também,*
                                                    [*papai.*

Eu também, papai. Eu também.

O caminho da casa da dona dos doces para a nossa
é silencioso
exceto pelo som do sorvete derretendo
e sendo sorvido
rapidamente, antes de escorregar em nossos pulsos,
descer pelos braços e cair
na estrada quente e seca.

carolina do sul em guerra

Porque é nosso direito, meu avô conta —
estamos sentados aos seus pés e a história desta noite

é a razão pela qual as pessoas estão marchando por todo
[o Sul —

andar, sentar e sonhar onde quisermos.

Primeiro trouxeram a gente pra cá.
E trabalhamos de graça. Então era 1863
e deveríamos ser livres, mas não foi assim.

E é por isso que as pessoas estão tão bravas.

E é verdade, não podemos ligar o rádio
sem ouvir falar das marchas.

Não podemos ir ao centro de Greenville sem
ver adolescentes entrando nas lojas, sentando-se
onde pessoas negras ainda não podem se sentar
e sendo carregados para fora, seus corpos moles,
   seus rostos calmos.

É assim que as pessoas negras têm que lutar,
meu avô diz.

›

Não dá pra simplesmente levantar os punhos. Tem que insistir
por algo
gentilmente. Caminhar em direção a uma coisa
devagar.

Mas estar pronto pra morrer,
meu avô diz,
pelo que é certo.

Estar pronto pra morrer, meu avô diz,
por tudo em que se acredita.

E nenhum de nós pode imaginar a morte,
mas tentamos imaginar mesmo assim.

Até minha mãe se junta à luta.
Quando ela acha que a vovó
não está olhando, foge
para encontrar os primos no centro da cidade, mas assim
    que passa pela porta,
com seu bom vestido e luvas, a vovó diz,
só não vai ser presa.

E a mamãe parece uma garotinha quando responde:
Não vou.

Mais de cem anos, meu avô conta,
e ainda lutamos pela vida livre
que deveríamos viver.

Então há uma guerra acontecendo na Carolina do Sul
e mesmo enquanto brincamos,
plantamos, rezamos e dormimos, fazemos parte disso.

Porque vocês são negros, meu avô diz.
E tão bons, brilhantes, bonitos e livres
quanto qualquer um.
E nenhuma pessoa negra no Sul vai parar,
meu avô diz,
até que todo mundo saiba a verdade.

o treinamento

Quando a prima mais velha
e melhor amiga da minha mãe, Dorothy,
chega com os filhos, eles correm
dizendo que não conseguem entender
o jeito como Hope, Dell e eu falamos.
Cês falam muito rápido, eles dizem.
E as palavras ficam todas grudadas.
Eles falam que não querem brincar
com a gente, crianças. Então eles vão
andar pelas ruas de Nicholtown quando a gente não pode
sair da varanda.
Nós os vemos indo embora, ouvimos
a prima Dorothy dizer: *Seus cabeças de vento, não*
vão se meter em confusão lá fora.
Então ficamos perto da prima Dorothy, fingindo
que não estamos ouvindo nada e ela sabe que estamos.
Rindo quando ela ri, mexendo a cabeça
quando ela mexe
a dela. *Você sabe que precisa desses treinamentos*,
ela fala, e nossa mãe concorda com a cabeça. *Eles*
não vão te deixar sentar em qualquer lugar
sem eles. Tem que saber o que fazer
quando essas pessoas vêm até você.
Ela tem um pequeno espaço entre os dentes
como minha mãe, Hope e Dell.
Ela é alta, de pele retinta,   ›

é bonita e tem ombros largos.
Ela usa luvas e vestidos escuros feitos sob medida
por uma costureira em Charleston.

Os treinamentos acontecem nos porões das igrejas
e nos fundos das lojas,
em longas viagens de carro e em qualquer lugar onde as
[pessoas possam
se reunir. Elas aprendem
como mudar o Sul sem violência,
como não se abalar
com as más atitudes dos outros, como andar devagar, mas
com passos determinados.
Como se sentar nos lugares e ser xingadas
sem xingar de volta, ter comida e bebida jogadas
em cima delas sem se levantar e machucar ninguém.
Até adolescentes
são treinados para se sentar, não chorar, engolir o medo.

Mas, Senhor, a prima Dorothy diz. *Todo mundo tem um*
[*limite.*
Quando estou andando
até aquela lanchonete e me sento,
peço a Deus, não deixe
ninguém cuspir em mim. Posso ser a Doce Dorothy
sete dias por semana, vinte e quatro horas por dia,
desde que ninguém ultrapasse esse limite. Porque se acontecer,
esse movimento sem violência

acabou!

o cobertor

Na primeira vez em que minha mãe vai a Nova York
é apenas para uma longa visita de fim de semana,
seu beijo nas nossas bochechas
é tão promissor quanto a emoção nos seus olhos.
Vou trazer um presente pra cada um de vocês.

É sexta-feira à noite e o fim de semana chegando
já está nos chamando
para a casa da dona dos doces,
minha mão na do papai.
Ele não sabe dizer não,
a vovó reclama.

Mas ela também não,
vestidos, meias e fitas,
nossos cabelos cacheados e penteados.
Ela chama minha irmã e eu de suas meninas,
sorri com orgulho quando as mulheres dizem como
                                    [somos bonitas.

Então, na primeira vez em que minha mãe vai para
                                    [Nova York,
não conseguimos ficar tristes, o peso
do amor dos nossos avós como um cobertor
em cima da gente,
aconchegados e quentinhos.

dona bell e
os manifestantes

Eles se parecem com pessoas comuns
visitando nossa vizinha, dona Bell,
pratos cobertos com papel-alumínio estendidos para eles
quando chegam
alguns em pares,
alguns sozinhos,
alguns apenas crianças pequenas
segurando as mãos de suas mães.

Se alguém não soubesse, pensaria que era apenas
uma reunião noturna. Talvez pessoas da igreja
entrando na casa da dona Bell para falar
sobre Deus. Mas quando dona Bell fecha
as persianas, as pessoas enchem os pratos de comida,
os copos com chá doce e se reúnem
para falar sobre a marcha.

E mesmo que a dona Bell trabalhe para uma senhora
                                        [branca
que disse *eu te demito na hora se te vir
naquela rua!*,
dona Bell sabe que marchar não é a única coisa
que ela pode fazer,
sabe que as pessoas em luta precisam de barriga cheia
                                        [para pensar   ›

e lugares seguros para se reunir.
Ela sabe que a senhora branca não é a única
que está assistindo, ouvindo, esperando
para acabar com a luta. Então ela mantém os copos cheios,
coloca mais pão de milho
e salada de batata nos pratos dos manifestantes,
fica na cozinha pronta para cortar
o bolo de limão em fatias generosas.

E pela manhã, pouco antes de tirar
o uniforme do armário, ela reza:
Deus, por favor, conceda a mim e às pessoas que estão
[marchando

mais um dia.

Amém.

saber escutar #2

Nas lojas e mercados da cidade
somos sempre seguidos de perto
apenas por sermos negros.

festa do cabelo

As noites de sábado têm cheiro de biscoito e cabelo
                                    [queimado.
Jantar pronto e minha avó transforma
a cozinha num salão de beleza. Na mesa
o pente quente, a pomada de cabelo Dixie Peach,
a escova de crina de cavalo, a chapa
e uma garota de cada vez.
Primeiro a Jackie, minha irmã diz,
nossos cabelos recém-lavados úmidos
e em espirais sobre os ombros
e as camisolas claras de algodão.
Ela abre o livro na página marcada,
se aconchega numa cadeira perto
do fogão a lenha, a tigela de amendoim no colo.
As palavras
nos seus livros são tão pequenas que tenho de apertar
os olhos para ver as letras. *Os patins de prata.*
Ursinho Pooh. Robinson suíço.
Livros grossos
com as orelhas dobradas por passarem de vizinha
para vizinha. Minha irmã os manuseia com cuidado,
marca as páginas com pedaços rasgados de saco
de papel pardo, enxuga as mãos antes
de abrir os volumes de capa dura.
Lê pra mim, eu peço, os olhos e o couro cabeludo já ardendo
com os puxões da escova no meu cabelo.   ›

E enquanto minha avó coloca o pente quente
na chama, aquece apenas o suficiente
para deixar meus cachos mais retos, a voz da minha irmã
paira sobre a cozinha,
passa pelo cheiro de cabelo, óleo e chamas, se instalando
como mãos nos meus ombros.
Eu quero patins de prata como os de Hans, um lugar
numa ilha deserta. Nunca vi o oceano,
mas isso também posso imaginar — a água azul
                              [se derramando
sobre a terra vermelha.
Enquanto minha irmã lê, as imagens começam a
                                      [se formar
como se alguém tivesse ligado a televisão,
abaixado o som,
trazido aquilo tudo para perto.
Imagens granuladas em preto e branco surgem aos
                              [poucos para mim
Profundas. Infinitas. Lembrando

Há muito tempo, numa manhã brilhante de dezembro...

A voz cristalina e suave da minha irmã abre o mundo para
                                      [mim.
Eu me inclino
cheia de fome para ouvir.

Fica quieta agora, minha avó avisa.
Então me sento em cima das mãos para afastar o
                              [pensamento   ›

da minha cabeça que dói, e todo o meu corpo se aquieta.
Mas todo o meu eu já está partindo,
todo o meu eu já se foi.

nomes da família

Tem o James, Joseph, Andrew, Geneva, Annie Mae,
William, Lucinda, David, Talmudge,
minha avó conta. *Ao todo,*
minha mãe deu à luz treze filhos.
Sentimos até uma vertigem ao pensar em tantos irmãos
e irmãs. *Três morreram ainda bebês*, ela conta,
mas apenas um pouco da vertigem passou.

Tem a Levonia, Montague, Iellus, Hallique,
Valie Mae, Virdie e Elora do lado do papai.
Não conseguimos deixar de rir cada vez que ele
conta os nomes dos seus irmãos e irmãs.
Seu próprio nome,
Gunnar, faz a gente rir de novo.
Deram nomes pros filhos
que nenhum senhor jamais poderia tirar.
Por que não Bob ou Joe?, Hope quer saber.
Por que não
John ou Michael? Ou algo realmente normal, como Hope?
Hope não é normal, minha irmã fala. *Não pra um menino.*
                                                    [*Acho*
que seu nome é um erro. Talvez quisessem
te chamar de Virdie.   ›

Sou a grande esperança* da família, meu irmão diz.
Igual o vovô Hope.
Você atravessa o Cabo da Boa Esperança, minha irmã retruca.

Se continuar a discussão, meu avô diz,
vou levar os dois no cartório.
As pessoas vão gostar de chamar vocês de Talmudge e Valie
[*Mae.*

---

* Em alusão ao nome Hope, que, em português, significa Esperança.
[N. E.]

sonho americano

Mesmo quando minhas filhas eram pequenas, a gente ia,
a vovó conta. *E as pessoas estavam protestando.*
As marchas não começaram ontem.
Policiais com aqueles cachorros aterrorizando todo mundo
quase até a morte. Só uma vez
deixei minhas meninas marcharem.

A vovó se recosta na sua cadeira marrom,
os pés ainda na água com sal de Epsom,
os dedos batucando
alguma melodia silenciosa. Ela fecha os olhos.
Eu deixei elas irem e orei.

Qual é a coisa, eu pergunto a ela, *que faria as pessoas*
quererem viver juntas?

As pessoas precisam querer, só isso.

Ficamos quietas — talvez pensando nas pessoas
que querem. E nas que não.

Todos nós temos o mesmo sonho, a vovó diz.
Viver em igualdade num país que deveria ser
a terra da liberdade.
Ela solta um longo suspiro,
recordando profundamente.

Quando sua mãe era pequena
ela queria um cachorro. Mas eu disse não.
Num piscar de olhos, eu falei pra ela,
um cachorro pode se revoltar com você.

Então minha mãe trouxe gatinhos para casa,
fofinhos e ronronando dentro de caixas vazias
miando sem parar até que a vovó
se apaixonou. E deixou que ela ficasse com eles.

Minha avó conta tudo isso
enquanto nos sentamos a seus pés, cada história como
                                    [uma fotografia
através da qual podemos olhar, ver nossa mãe
marchando e cachorros e gatinhos todos se misturando
e nós agora
ali em cada momento
ao lado dela.

a loja de tecidos

Algumas sextas-feiras, vamos até o centro de Greenville, onde
há lojas de roupas, restaurantes,
um hotel e a loja de 1,99, mas
a vovó não leva mais a gente
a nenhum desses lugares.
Nem mesmo na de 1,99 que não é mais segregada,
mas onde uma mulher é paga, a vovó explica,
para seguir pessoas negras para não roubarem
nada. Não vamos aos restaurantes
porque sempre põem a gente perto da cozinha.
Quando vamos ao centro da cidade,
é para ir à loja de tecidos, onde uma mulher branca
conhece minha avó
lá de Anderson, e pergunta:
Como estão o Gunnar e suas filhas em Nova York?
Ela desenrola tecido para a vovó
deslizar entre os dedos.
Elas conversam sobre cortinas e lençóis e sobre onde apertar
a cintura numa saia para uma criança.
Na loja de tecidos não somos "de cor"
ou negros. Não somos ladrões, indignos
ou algo a ser escondido.
Na loja de tecidos somos apenas pessoas.

fantasmas

No centro de Greenville,
pintaram por cima das placas APENAS BRANCOS,
mas nas portas dos banheiros
não usaram muita tinta,
então ainda dá para ver as palavras, bem ali
como um fantasma parado na porta
mantendo as pessoas do lado de fora.

quem vai embora

Observamos os homens indo embora de Greenville
em seu único terno bom, sapatos
bem engraxados.
Observamos as mulheres indo embora com roupas de
[domingo,
chapéu, batom e luvas brancas.

Observamos todos pegarem ônibus à noite,
as sombras negras das suas costas,
a última vez que os vemos.
Outros enchem seus carros com malas.
Famílias inteiras desaparecendo na noite.
Pessoas dando tchau.

Dizem que a Cidade é um lugar onde os diamantes
salpicam a calçada. Dinheiro
cai do céu.
Dizem que uma pessoa negra pode se dar bem lá.
Tudo o que é preciso é a passagem de ida de Greenville.
Tudo o que é preciso é conhecer alguém do outro lado,
esperando para fazer a travessia.

Como o rio Jordão

e então se chega ao Paraíso.

o início da partida

Quando minha mãe voltar de Nova York
ela tem um novo plano — todos nós vamos
nos mudar para lá. Não conhecemos
nenhum outro lugar além de Greenville no momento —
[Nova York
é apenas as imagens que ela mostra
nas revistas e as duas fotos da tia Kay
que ela tem na carteira. Numa delas, há duas outras pessoas
ao seu lado.
Bernie e Peaches, a mamãe nos conta.
Éramos todos amigos
aqui em Nicholtown.
É só disso que as crianças falavam,
a vovó conta,
ir pra cidade de Nova York.

Minha mãe sorri para nós e diz:
Vamos pra Nova York.
Só preciso pensar numas coisas primeiro, só isso.

Não sei o que eu faria sem vocês debaixo das minhas asas,
a vovó diz, e há uma tristeza
em sua voz.
Não sei o que eu faria, ela diz novamente.
Ainda mais triste dessa vez.

quando criança, eu cheirava o ar

A mamãe leva seu café para a varanda
e toma um gole devagar. Dois degraus abaixo, seus pés
estão cobertos de grama e orvalho.
Nova York não tem esse cheiro, ela diz.

Eu a sigo, o orvalho fresco nos meus pés
o suave sossego do vento deixando
minha mãe e eu
só nós duas.

Seu café é adoçado com leite condensado,
o cabelo preso numa trança,
os dedos escuros circulando na xícara.
Se eu pedir, ela leva um pouco aos meus lábios,
me deixando provar seu sabor agridoce.

É madrugada e os pássaros voltaram à vida,
                              [perseguindo
uns aos outros do bordo ao pinheiro e de volta
ao bordo novamente. É assim que o tempo passa aqui.
O bordo estará sem galhos no inverno,
a mamãe diz. *Mas os pinheiros simplesmente continuam*
                              [*existindo*.

E é do ar que eu vou me lembrar.
Mesmo quando nos mudarmos para Nova York.   ›

Sempre teve esse cheiro, minha mãe diz.
Grama molhada e pinheiro.

Como a memória.

tempo de colheita

Quando a horta do papai está pronta,
fica cheia de palavras que me fazem rir
ao dizê-las:
vagem e *tomate*, *quiabo* e *milho*,
ervilha-de-cheiro e *batata-doce*,
alface e *abóbora*.

Quem poderia imaginar

tanta cor que o chão desaparece
e ficamos
a caminhar num outono
de palavras malucas
que sob a magia
das mãos da vovó

se transformam

em iguarias.

histórias de gente grande

Noite quente de outono com os grilos chorando
o cheiro dos pinheiros vindo suave com o vento
e as mulheres
na varanda, colchas no colo,
tia Lucinda, dona Bell e qualquer vizinha
com *algum fôlego sobrando* no final do dia
para *sentar e falar mais do que deve.*

É quando ouvimos
os adultos conversando.
Hope, Dell e eu sentados em silêncio na escada.
Sabemos que uma só palavra trará silêncio
às mulheres, o dedo da minha avó de repente
apontando para a casa, sua fala mansa
Acho que é hora de vocês, crianças, irem pra cama, levando
a gente para o quarto. Então ficamos bem quietinhos, as
                                   [costas apoiadas
nos parapeitos e na beirada da escada, os cotovelos de Hope
apoiados nos joelhos, de cabeça baixa. É agora que
                                   [aprendemos
tudo
o que há para saber
sobre as pessoas na rua e
o trabalho nas casas,
sobre as Irmãs no Salão do Reino
e os parentes distantes que raramente vemos.

Muito tempo depois das histórias serem contadas, eu me
[lembro delas,
cochichando de novo para Hope
e Dell tarde da noite:
Foi ela que saiu de Nicholtown em pleno dia
aquela que a vovó fala que não tem medo
de nada. Recontando cada história.
Inventando o que não entendi
ou deixei passar quando as vozes estavam muito baixas, falo
até que a respiração suave da minha irmã e do meu irmão
[me diga
que caíram
no sono.

Então deixo as histórias viverem
dentro da minha cabeça, repetidamente,
até que o mundo real se desvaneça
em cantigas de ninar de grilos
e nos meus sonhos.

tabaco

O verão acabou, um beijo
do frio no ar do Sul. Vemos o laranja esmaecido
do cigarro do meu avô, enquanto ele desce
a estrada que vai escurecendo. Ouço seus comprimentos
[noturnos
e a tosse que segue.
Não resta mais fôlego
para cantar, então eu canto para ele, na minha cabeça
onde só eu posso ouvir.

Where will the wedding supper be?
Way down yonder in a hollow tree. Uh hmmm...*

Os mais velhos diziam
que uma pitada de poeira na boca
pode contar a história do tabaco:
quais safras
estão prontas para colher
quanto falta para crescer.
Que solo é fértil o bastante para plantar
e as áreas de terra que precisam
descansar por um ano.

* "Onde será o jantar de casamento?/ Lá embaixo, numa árvore
   oca. Hmrum..." [N. T.]

Ainda não sei
como às vezes a terra faz uma promessa
que nunca poderá cumprir. Os campos de tabaco
permanecem inférteis, as colheitas esbulhadas.
Meu avô tosse de novo
e a terra espera

o que e quem ganhará em troca.

saber escutar #3

Alta madrugada
meu avô está tossindo
em pé. Assustado.

minha mãe
indo embora de greenville

É fim de outono, o cheiro de madeira queimando,
o fogão a lenha como uma mão quente e macia
no meio da sala dos meus avós,
a fumaça preta
subindo pelo teto até desaparecer.

Passaram-se tantos anos desde a última vez que vimos
nosso pai, sua ausência
como uma bolha na vida do meu irmão mais velho,
estourando sem parar
num monte de bolhinhas
de memória.

Você era apenas um bebê, ele me diz.
*Você tem tanta sorte de não se lembrar das brigas
nem de nada.*

É como se borrachas passassem pela sua memória, minha
[irmã diz.
Apagando. Apagando. Apagando.

Mas agora, minha mãe está indo embora de novo.

Disso eu vou me lembrar.

metade do caminho para casa #1

Nova York, minha mãe diz.
*Em breve, encontrarei um lugar pra nós lá. Volto
e trago todos vocês pra casa.*

Ela quer um lugar próprio que não seja
a Casa de Nelsonville, a Casa de Columbus,
a Casa de Greenville.
Procura seu próximo lugar.
Nosso próximo lugar.
No momento, nossa mãe diz,
estamos na metade do caminho pra casa.

E eu a imagino parada
no meio de uma estrada, os braços estendidos,
os dedos apontando para o Norte e o Sul.

Quero perguntar:
Sempre haverá uma estrada?
Sempre haverá um ônibus?
Sempre teremos que escolher
entre casa

e lar?

minha mãe olha para trás em greenville

Depois do jantar e do banho,
depois que nossos corpos estão com talco e pijamas,
[estamos deitados
os três na cama,
depois do *Ursinho Pooh* e beijos em nossas testas
e abraços mais demorados do que o normal,

minha mãe se afasta da casa na Hall Street
para a noite crescente,
numa longa estrada poeirenta
onde o ônibus Nicholtown
a leva para a estação Greyhound

e mais poeira

então ela foi.

Nova York à sua frente,
sua família para trás, ela olha
por cima dos ombros, a bolsa no colo,
a terra
puxando seu olhar para a janela mais uma vez.
Antes que a escuridão
cubra tudo e por muitas horas, há apenas sombras

e estrelas

e lágrimas

e esperança.

os últimos vaga-lumes

Sabemos que nossos dias estão contados aqui.
Todas as noites, esperamos pela primeira luz
dos últimos vaga-lumes, nós os enfiamos em potes,
depois os soltamos. Como se entendêssemos
sua necessidade de liberdade.
Como se nossas orações silenciosas para ficar em
                                    [Greenville
fossem atendidas se
fizéssemos o que sabemos ser certo.

mudanças

Agora as noites já são mais tranquilas com minha mãe fora,
como se a noite ouvisse
a maneira como contamos os dias. Sabemos
que até o toque da escova da nossa avó
passando suavemente pelos nossos cabelos
logo se tornará uma memória. Aquelas noites de sábado
à mesa da cozinha, o cheiro
da pomada Dixie Peach para cabelo,
o chiado do pente alisando,
o assovio do ferro
contra os laços úmidos, recém-lavados, tudo isso
pode acontecer de novo, mas em outro lugar.

Ficamos sentados na varanda dos nossos avós,
tremendo com o inverno que já se aproxima,
e conversamos baixinho sobre o verão de Greenville,
quando a gente voltar
vamos fazer tudo o que sempre fizemos,
ouvir as mesmas histórias,
rir das mesmas piadas, pegar vaga-lumes nos mesmos
potes de vidro, prometendo uns aos outros
futuros verões tão bons quanto os passados.
Mas sabemos que estamos mentindo

voltar para casa será diferente agora.

Este lugar chamado Greenville
este bairro chamado Nicholtown
vai mudar um pouco

e cada um de nós também.

sterling high school, greenville

Enquanto minha mãe estava em Nova York,
um incêndio atingiu
sua antiga escola
durante o baile de formatura.

A fumaça se espalhou no salão lotado
e a música
parou
e os alunos que dançavam
pararam
e o DJ disse para todos
saírem rapidamente do prédio.

O incêndio
durou a noite toda
e quando acabou,
a escola da minha mãe tinha queimado
quase até o chão.

Minha mãe disse que era porque
os estudantes estavam protestando,
e as marchas
enlouqueceram alguns brancos de Greenville.

Depois do incêndio, os estudantes não foram autorizados

[a frequentar

a escola de ensino médio só de brancos.
Em vez disso, tiveram de se aglomerar
ao lado das suas irmãs e dos seus irmãos mais novos
na escola de ensino fundamental.

Nas fotos do anuário do ensino médio da minha mãe
ela está sorrindo ao lado da sua prima
Dorothy Ann, e do outro lado
está Jesse Jackson,
que talvez já sonhasse em algum dia
ser o primeiro negro a concorrer
para presidente.

E nem mesmo
um incêndio na sua escola
poderia impedir que ele ou os manifestantes
mudassem o mundo.

fé

Quando minha mãe vai embora, minha avó
nos guia ainda mais
para a religião que ela sempre conheceu.
Nos tornamos testemunhas de Jeová
como ela.

Quando minha mãe vai embora,
não há ninguém
para dizer:
As crianças podem escolher sua própria fé
quando tiverem idade pra isso.
Na minha casa, a vovó diz,
vocês fazem como eu.

Quando minha mãe vai embora,
acordamos no meio da noite
chamando por ela.
Tenham fé, a vovó fala,
abrigando a gente junto dela na escuridão.

Deixe a Bíblia,
a vovó fala,
ser a espada e o escudo de vocês.

Mas ainda não sabemos
contra quem
e pelo que estamos lutando.

as histórias que cora conta

Agora, à noite,
Coraesuasirmãs vêm aqui na nossa varanda.
Elas são três
e nós somos três, mas Hope
se afasta das meninas
e fica sozinho
lá no quintal.

E mesmo a vovó falando para nós
não brincarmos com as meninas,
ela não manda mais a gente para dentro
quando vê as três vindo lá na rua. Talvez
seu coração tenha se aberto um pouquinho
arranjando um espaço para elas.

Um cogumelo colorido cresce
debaixo do pinheiro. Roxo, dourado e estranho
contra o chão cheio de pinhas.
Quando piso nele,
Coraesuasirmãs gritam comigo,
Você acabou de matar o Diabo enquanto ele dormia!
Dormia na sua própria casa.
Cora me avisa
que daqui a pouco o Diabo vai estar vivo de novo.
Ela diz: *Ele vai vir te buscar*   ›

de madrugada, quando você tiver dormindo
e o Deus pra quem cê reza não vai tá lá pra te proteger.

Choro enquanto o sol se põe, esperando.
Choro até a vovó vir lá de dentro e
mandar Coraesuasirmãs para casa,
me abraçar forte
e falar que elas estão mentindo.
Isso é só uma superstição besta do Sul,
a vovó diz.
Essas meninas devem ser inocentes demais pra não reconhecer
um cogumelo quando veem um.
Não acredite em tudo que ouve, Jackie.
Um dia, você vai saber
quando alguém está falando a verdade
e quando está só inventando histórias.

hall street

No comecinho da noite, um pouco antes da melhor luz
para esconde-esconde
tomar conta do céu,
é hora do estudo da Bíblia. Observamos
dos nossos lugares na varanda, nossas mãos frias
em volta do chocolate quente
pela metade e mais doce no fundo,
enquanto o Irmão e a Irmã
do Salão do Reino vêm subindo pela nossa rua.

Bela noite de segunda-feira, o Irmão
do Salão do Reino diz.
Graças a Jeová, a Irmã
do Salão do Reino responde.
Estamos calados, Irmão Hope, Irmã Dell e eu.

Nenhum de nós quer ficar dentro de casa quando o fim
                                          [do outono
está nos chamando
e os sapos finalmente se sentem corajosos o bastante
para pular no nosso quintal. Queremos
qualquer coisa, menos isso. Queremos biscoitos
                                    [quentinhos,
correr e brincar na varanda,
as mangas das blusas muito compridas
atrapalhando às vezes.

Mas somos testemunhas de Jeová. Segunda-feira à noite
é a hora do estudo da Bíblia.

Em outro lugar,
meu avô está
passando um tempo com seu irmão Vertie.
Talvez eles estejam tocando gaita e banjo,
gargalhando e cantando alto. Fazendo
o que é divertido fazer numa bela noite de segunda-feira.

Jeová nos promete a vida eterna no Novo Mundo,
o Irmão do Salão do Reino diz,
e o Irmão Hope, a Irmã Dell e eu ficamos calados,
querendo apenas o que está lá fora.
Querendo apenas este mundo.

daqui a pouco

Quando o telefone toca na cozinha da vovó,
a gente sai correndo de onde for:
pulando do balanço da varanda,
saindo do buraco cheio de lama dos fundos,
correndo rápido pelo jardim limpo —
mas
meu irmão, Hope, é o mais veloz, pegando o telefone,
apertando com força
na orelha, como se a voz da minha mãe bem mais
perto significasse que minha mãe está
mais perto de nós. Pulamos em volta dele:
Me deixa falar!, até que a vovó entra
pela porta de tela,
larga o cesto de roupa suja, fria e seca
direto do varal,
pega o telefone do meu irmão,
nos cala,
nos afasta,
nos promete

um tempinho com nossa mãe daqui a pouco.

como aprendo
os dias da semana

Segunda-feira à noite, estudo bíblico com um Irmão e
[uma Irmã
do Salão do Reino.

Terça-feira à noite, estudo bíblico no Salão do Reino.

Quarta-feira à noite, lavanderia — as roupas
limpas no varal acima
do jardim do meu avô. Quando ninguém está olhando,
corremos pelos lençóis,
respirando todos os cheiros maravilhosos que o ar
    acrescenta a eles.

Quinta-feira à noite, Escola do Ministério. Um dia,
vamos crescer e pregar
a palavra de Deus, levá-la
para o mundo, e talvez salvemos algumas pessoas.

Sexta à noite, estamos livres como todo o resto,
as bicicletas de Hope e Dell derrapando pela Hall Street,
meus joelhos batendo com força no guidão
do meu triciclo vermelho. Mais um ano, talvez,
e a bicicleta da Dell seja minha.

Sábado, nos levantamos cedo: *A Sentinela* e o *Despertai!*
nas nossas mãos, caminhamos como soldados sonolentos ›

por Nicholtown, tocando campainhas, batendo nas portas,
espalhando as boas novas
de que algo melhor está por vir. Às vezes,
as pessoas ouvem.
Às vezes, batem as portas na nossa cara
ou nem as abrem. Ou olham tristemente para mim,
com laço e bem-vestida, o rosto limpo e brilhando
com óleo, minhas palavras mais sinceras que tudo:
*Bom dia, sou a irmã Jacqueline e estou aqui
para lhe trazer boas novas hoje.*
Às vezes, me dão um centavo, mas não aceitam
A Sentinela e o *Despertai!*

Domingo, estudo da *Sentinela* no Salão do Reino,
duas horas
sentados e sentados e sentados.

Aí a segunda-feira chega e a semana começa
tudo de novo.

laços de fita

São azul-claros ou rosa ou brancos.
São bem passados todo sábado à noite.
Domingo de manhã, são amarrados nas tranças
que caem abaixo das nossas orelhas.

Usamos laços todos os dias, menos aos sábados,
quando os lavamos à mão, Dell e eu
lado a lado na pia da cozinha,
esfregando com sabão Ivory e depois enxaguando
com água fria.
Cada uma de nós
sonhando com o dia em que a vovó diga
Você já está velha demais pra laços.

Mas parece que esse dia nunca vai chegar.

Quando os penduramos no varal para secar, esperamos
que eles voem com a brisa da noite,
mas isso não acontece. De manhã, estão bem
onde os deixamos,
balançando suavemente no ar fresco, ansiosos para nos
                                                    [ancorar
na infância.

dois deuses.
dois mundos

Mal amanheceu e já estamos acordados,
a vovó está na cozinha passando nossas roupas
de domingo.

Dá para ouvir o papai tossindo na sua cama, uma tosse
como se ele nunca fosse recuperar o fôlego. O som aperta
no meu peito enquanto tiro meu vestido
pela cabeça. Seguro minha própria respiração
até que a tosse pare. Mesmo
assim, eu o ouço andar pela sala,
ouço o rangido da porta de tela da frente e
sei: ele foi para o balanço da varanda
fumar um cigarro.

Meu avô não acredita num Deus
que não o deixa fumar
ou tomar uma cervejinha gelada sexta à noite;
um Deus que nos diz que
o mundo está acabando para que *Vocês caminhem por*
[*este mundo*
amedrontados como gatos.
Seu Deus não é meu Deus, ele diz.

Sua tosse percorre o ar
de volta à nossa sala, onde a luz
é quase azul, o sol branco do inverno pintando tudo.   ›

Gostaria que a tosse parasse. Gostaria
que ele vestisse roupas de domingo,
pegasse na minha mão e caminhasse com a gente
pela estrada.

As testemunhas de Jeová acreditam
que todos que não seguirem
a palavra de Deus serão destruídos numa grande batalha
[chamada
Armagedom. E quando a batalha terminar
haverá um mundo novo e fresco,
um mundo mais agradável e pacífico.

Mas eu quero o mundo onde o papai está,
e não sei por que
o Deus de alguém me obrigaria a
fazer uma escolha.

o que deus sabe

Rezamos pelo meu avô,
pedimos a Deus que o poupe, mesmo
ele sendo um incrédulo. Pedimos que Jeová olhe
para o seu coração, veja
a bondade que há nele.

Mas meu avô diz que não precisa das nossas orações.
Eu dou um duro danado, ele diz. *Trato as pessoas como*
                                       [gostaria
de ser tratado.
Deus tá vendo. Deus sabe.

No fim do dia
acende um cigarro, desamarra
os sapatos empoeirados. Estica as pernas.
Deus tá vendo que eu sou bom, ele diz.
Podem fazer todo sermão e oração que quiserem,
mas não precisam fazer isso por mim.

novos companheiros

Lindas bonecas negras chegam de Nova York,
lojas chiques em que minha mãe
entrou. Ela escreve sobre elevadores, estações de trem,
prédios tão altos que o pescoço
até dói para ver.

Ela escreve sobre lugares com nomes bonitos
Coney Island, Harlem, Brownsville, Bear Mountain.
Ela conta que viu o oceano, como a água
continua fluindo muito depois de os olhos não
                              [conseguirem mais vê-la,
prometendo um país bem diferente
do outro lado.

Ela conta que as lojas de brinquedos são cheias de bonecas
        de todos os tamanhos e cores
há uma barbearia e um salão de cabeleireiro em todos os
                                           [lugares
        que você olhar
e uma amiga da tia Kay viu Lena Horne
andando pela rua.

Mas apenas as bonecas são de verdade para nós.

Os cabelos pretos em cachos rígidos caindo
sobre os ombros,   ›

os vestidos cor-de-rosa feitos de crinolina e cetim.
Os braços escuros inflexíveis.
Ainda assim,
abraçamos o plástico duro e imaginamos
as bonecas chamando a gente de mamãe;
imaginamos que precisam de nós por perto.
Imaginamos as cartas da nossa própria mãe —
Vou buscá-los daqui a pouco —
como se as escrevêssemos para elas.
Nunca vamos te deixar, sussurramos.
Elas nos encaram de volta,
com olhos vazios e vistosos,
silenciosos e impassíveis.

na estrada

Cuidado quando brincarem com ele,
minha avó avisa sobre o menino
com o buraco no coração.
Não o deixem correr muito. Nem chorar.

Quando ele bate na porta dos fundos, saímos
e ficamos em silêncio na escada, do seu lado.
Ele não fala muito, esse menino com um buraco
no coração,
mas quando fala é para perguntar sobre nossa mãe
em Nova York.

Ela está com medo lá?
Ela já conheceu uma estrela de cinema?
É verdade que tem prédio
em todo canto?

Um dia, ele diz — tão baixinho, meu irmão, minha irmã e eu
nos inclinamos para ouvir —, *eu vou pra Nova York*.
Depois fica olhando para a casa de Cora lá na estrada.

Ali é o Sul, minha irmã diz. *Nova York é do outro lado.*

promessa divina

Já é quase Natal.
No rádio, um homem com uma voz suave e profunda está
                                        [cantando,
falando para a gente se divertir um pouco...

As vitrines de Nicholtown estão cheias de árvores de
                                        [Natal.
Coraesuasirmãs se gabam dos presentes que ganham,
bonecas, patins e balanços. No quintal,
nosso próprio balanço está silencioso —
uma fina camada de neve o cobre.
Quando somos obrigados a ficar dentro de casa nos
                                        [domingos
à tarde,
Coraesuasirmãs descem lá, puxam os balanços
do alto,
mostram a língua para a gente
enquanto olhamos por trás da nossa porta de tela
                                        [envidraçada.

Deixem as meninas brincarem, pelo amor de Deus, a vovó
                                        [diz,
quando reclamamos que elas quebraram tudo.
O coração de vocês é maior do que isso!

Mas nossos corações não são maiores do que isso.
Nossos corações são minúsculos e furiosos.
Se nossos corações fossem mãos, bateriam.
Se nossos corações fossem pés, certamente chutariam
[alguém!

o outro infinito

Nós somos o povo escolhido, a vovó conta.
Tudo o que fazemos é parte
do plano de Deus. Cada respiração é um presente que Deus
nos oferece. Tudo que temos...

O papai que deu os balanços pra gente, minha irmã fala
[para ela. *Não Deus.*

As palavras da minha avó vêm lentamente, o que significa
que esta é uma lição importante.

Com o dinheiro que ganhava trabalhando num emprego;
[*foi Deus*
que deu pra ele um corpo forte o bastante pra trabalhar.

Lá fora, nosso balanço finalmente está vazio,
Coraesuasirmãs já foram embora.

Hope, Dell e eu estamos em silêncio.
Tanta coisa que ainda não entendemos.
Tanta coisa em que ainda não acreditamos.

Mas sabemos disto:
segunda-feira, terça-feira, quinta-feira,
sábado e domingo são guardados
para a obra de Deus. Fomos postos aqui para fazer isso ›

e se espera que façamos bem.
O que nos é prometido em troca

é a eternidade.

É a mesma coisa, minha irmã diz,
ou talvez seja até melhor do que
o infinito.

O balanço vazio nos lembra disto —
que o que é ruim não será ruim para sempre,
e o que é bom às vezes pode durar
muito, muito tempo.

Até mesmo Coraesuasirmãs só podem nos incomodar
um pouco antes de serem chamadas para casa na hora
do jantar.

às vezes,
nenhuma palavra é necessária

Inverno intenso, o ar da noite é frio. Tão quieto,
parece que o mundo permanece para sempre na
                                    [escuridão
até que olhamos para cima e a terra para
num teto de estrelas. Minha cabeça encostada
no braço do meu avô,
uma colcha nos cobre, sentados no balanço da varanda.
É um lamento como uma canção.

Não é preciso palavras
numa noite como esta. Apenas o calor
do braço do seu avô. Apenas a promessa silenciosa
de que o mundo como o conhecemos
sempre estará aqui.

a carta

A carta chega num sábado de manhã,
minha irmã abre. *A letra da minha mãe
é fácil*, minha irmã diz. *Ela não escreve em códigos.
Ela escreve pra gente poder entendê-la.*

E então ela lê a carta da minha mãe lentamente
enquanto Hope e eu nos sentamos à mesa da cozinha,
os pedaços de queijo quase acabando, os ovos mexidos
deixando pontos amarelos
nas nossas tigelas. Os amados biscoitos da vovó
esquecidos.
Ela está vindo buscar a gente, minha irmã diz e lê a parte
em que minha mãe conta o plano para ela.
Vamos embora de Greenville de verdade, minha irmã diz,
e Hope se senta mais reto
e sorridente. Mas então o sorriso se esvai.
Como podemos ter os dois lugares?
Como podemos deixar
tudo o que conhecemos —
eu no colo do papai à noitinha,
ouvindo Hope e Dell contarem histórias
sobre suas vidas na pequena escola
a um quilômetro e meio da estrada.
Vou fazer cinco anos um dia e a escola Nicholtown
é um mistério
que estou prestes a desvendar.

E os vaga-lumes e os buracos?
E as noites em que
a gente vai para a cama dos nossos avós
e eles se afastam, abrindo espaço para nós
no meio deles?

E talvez seja quando minha irmã lê a parte
que não ouço:
um bebê chegando. Mais um. Um irmão ou irmã.
Ainda na barriga, mas daqui a pouco.

Ela está vindo buscar a gente, minha irmã diz de novo,
olhando em volta
da nossa grande cozinha amarela. Depois, passando a mão
sobre a mesa de madeira
como se ela já tivesse ido embora
e tentasse se lembrar disso.

uma manhã,
fim de inverno

E então, certa manhã meu avô está doente demais
para caminhar os oitocentos metros até o ônibus
que o leva ao trabalho.

Ele fica na cama o dia inteiro
se levantando só para tossir
e tossir
e tossir.

Eu ando devagar ao redor dele
afofando seus travesseiros
colando panos frios na sua testa
contando as histórias que me vêm à cabeça
repetidamente.

Eu posso fazer isto — encontrar outro lugar para ele
ficar quando este mundo o sufocar.

Me conte uma história, ele pede.

E eu conto.

bebê de nova york

Quando minha mãe voltar,
não serei mais sua menininha.
Estou sentada no colo da vovó
quando ela me conta isso,
tão alta que minhas pernas pendem para baixo, as pontas
dos pés tocando o tapete da varanda. Minha cabeça
repousa no seu ombro agora, antes
chegava apenas à sua clavícula. Ela tem o cheiro
de sempre, de pinho-sol e algodão,
pomada de cabelo Dixie Peach e alguma coisa
quente e em pó.

Quero saber de quem serei a menininha
quando nascer o novo bebê da minha mãe, nascido onde
as calçadas brilham e eu sou apenas uma menina comum.

Eu não sabia o quanto amava
ser a menininha de todo mundo
até agora, quando minha vida como menininha
está quase no fim.

partindo de greenville

Minha mãe chega no meio da noite
e, sonolentos, nos amontoamos nos seus braços a
[abraçando com força.

Seu beijo na minha cabeça me lembra
de tudo que amo.

Principalmente ela.

É fim do inverno, mas a vovó mantém
a janela do nosso quarto ligeiramente aberta
para que o ar fresco e frio possa passar por nós
enquanto dormimos. Duas colchas grossas e nós três
lado a lado.

Isto é tudo o que sabemos agora —

Brisas frias dos pinheiros, as colchas da vovó,
o calor do fogão a lenha, doces
vozes lentas das pessoas ao nosso redor,
a poeira vermelha flutuando e depois se acomodando
[como se dissesse
tudo o que precisava ser dito.

Minha mãe nos põe de volta na cama, sussurrando:
Agora temos uma casa no Norte.

Estou com muito sono para dizer a ela que Greenville é
[nossa casa.
Que mesmo no inverno os grilos
cantam para dormirmos.

*E amanhã de manhã, vocês vão conhecer
seu novo irmãozinho.*

Mas já estou quase dormindo de novo, com os dois braços
aconchegados
na mão da minha mãe.

roman

Seu nome é tão estranho quanto ele, esse novo
[irmãozinho
tão pálido, quieto e de olhos arregalados. Ele chupa o
[punho,
observando todos nós sem piscar.
Outro menino, Hope diz,
agora estamos empatados aqui.

Mas eu não gosto do novo bebê da família.
Quero mandá-lo de volta para onde
os bebês moram antes de chegarem aqui. Quando o
[belisco,
fica uma marca vermelha e seu grito é alto e metálico,
um som que dói nos meus ouvidos.
É isso que você ganha, minha irmã diz.
O choro é ele lutando com você.
Então ela o pega, abraça,
dizendo baixinho que está tudo bem,
tudo sempre vai ficar bem,
até que Roman se acalma,
seus grandes olhos negros olhando apenas para Dell,
como se
ele acreditasse nela.

PARTE III

seguindo
as
constelações
espelhadas
no
céu
para
a
liberdade

nova york

Talvez seja outra Nova York
de que os sulistas falam. Talvez seja lá
que há dinheiro caindo do céu,
diamantes salpicando
as calçadas.

Aqui só há cimento cinza, frio
e sem árvores, como num pesadelo. Quem poderia amar
este lugar — onde nenhum pinheiro cresce,
nenhum balanço na varanda bamboleia
com o peso
da vovó.

Este lugar é um ônibus Greyhound
cantarolando durante a noite e depois soltando
uma respiração profunda dentro de um lugar
chamado Port Authority. Este lugar é um motorista
                                        [gritando,
Nova York, última parada.
Todo mundo descendo.

Este lugar é barulhento e estranho
e não há nada aqui que eu possa chamar
de lar.

brooklyn, nova york

Não ficamos no pequeno apartamento
que minha mãe encontrou na Bristol Street,
Brownsville, Brooklyn, EUA.

Não ficamos porque a lâmpada fraca pendurada
numa corrente balançava para lá e para cá
quando nossos vizinhos de cima andavam
pelo apartamento, lançando sombras
que faziam meu irmão chorar
e chupar com força o dedo médio.

Não ficamos porque o prédio era grande e velho
e quando o teto do banheiro caiu
na banheira, minha mãe disse,
eu não sou Henny Penny e isso aqui não é o céu!

Então ela ligou para tia Kay e seu namorado, Bernie,
eles pegaram um caminhão emprestado, nos ajudaram a
[fazer as malas,
nos agasalharam em casacos de inverno,
desligaram aquela luz oscilante

e nos tiraram de lá!

herzl street

Então nos mudamos para a Herzl Street
onde tia Kay e Bernie moravam, no andar de cima.
E Peaches de Greenville morava no andar de baixo.

E nas noites de sábado mais pessoas
de Greenville vinham
sentados e falando pelos cotovelos
enquanto as panelas no fogão borbulhavam
com couve e fervilhavam com frango
e pão de milho assado no enorme
forno preto de Kay.

E o pessoal de Greenville
trouxe gente de Spartanburg
e Charleston
e todos falavam
como nossos avós falavam
e comiam o que comíamos

então eles eram a terra vermelha e os pinheiros
eles eram os vaga-lumes nos potes de geleia
e casquinhas de sorvete de creme de limão.

Eram gargalhadas nas noites quentes da cidade,
leite quente nas manhãs frias da cidade,   ›

comida boa e bons momentos,
dança caprichada e música soul.

Eles eram família.

jatos d'água

Alguns dias sentimos falta
do jeito que a terra vermelha se levantava e aterrissava
nos nossos pés descalços. Aqui
as calçadas queimam todo o verão.
Aqui nós usamos sapatos. Garrafas quebradas
nem sempre são logo recolhidas.

Mas nosso bairro tem três hidrantes
e um cara com uma chave inglesa
para ligar os jatos d'água. Nos dias em que o calor
é de tirar o fôlego, ele vem pelas ruas
com a ferramenta no bolso. Então o hidrante
jorra água fria por todo canto
e nós e outras crianças corremos molhados,
fresquinhos e rindo alto.

Até os adultos se juntam às vezes.
Uma vez, vi minha
mãe que-nunca-ficava-descalça-ao-ar-livre
tirar as sandálias
ficar parada na calçada
e deixar a água fria correr nos seus pés.
Ela estava olhando esse pequeno pedaço de céu.
E estava sorrindo.

genética

Minha mãe tem um espaço entre
os dois dentes da frente. O papai Gunnar também.
Toda criança nesta família tem o mesmo espaço
que nos conecta.

Nosso irmãozinho, Roman, nasceu pálido como pó.
Seus cachos macios e castanhos e os cílios param
as pessoas na rua.
De quem é esse anjinho?, querem saber.
Quando respondo, *é meu irmão*, as pessoas
vestem a dúvida
como uma capa,
até que sorrimos
e a capa cai.

caroline mas
a chamávamos de tia kay,
algumas lembranças

Tia Kay no topo da escada, braços abertos,
sorriso largo
e nós correndo para ela.

Tia Kay bem-vestida numa noite de sexta-feira
cheirando a perfume,
seu namorado Bernie, sua amiga Peaches.

Tia Kay na cozinha com Peaches e Bernie
passando uma caixa azul e branca de goma Argo
de um lado para o outro, os pedaços duros e brancos
desaparecendo na boca deles como bombons,
mastigando e engolindo bem devagar.

Tia Kay, a mamãe e Peaches, de saias justas
cantando numa banda.

Tia Kay trançando meu cabelo.

Tia Kay subindo correndo as escadas para seu apartamento
e eu correndo atrás dela.

Tia Kay rindo.

Tia Kay me abraçando.

Depois, uma queda.
Uma multidão.
Uma ambulância.
As lágrimas da minha mãe.
Um funeral.

E aqui, minhas lembranças da tia Kay terminam.

mudando novamente

Depois da queda
todas as escadas eram más para nós.
Alguns dias eu subo lá, minha mãe disse,
esquecendo que Kay se foi.

Depois da queda,
Bernie e Peaches
fizeram as malas e se mudaram
para Far Rockaway, contando para minha mãe
o quanto Kay amava o oceano.

Depois da queda,
pegamos o trem A
para o novo apartamento deles, brincamos na praia
até o sol se pôr, a mamãe quieta num cobertor
olhando para a água.

Kay era sua irmã mais velha, apenas dez meses mais velha.
Todo mundo sempre pensou que elas eram gêmeas,
então é isso que elas diziam que eram.
Ninguém podia olhar pra uma de nós, minha mãe disse,
sem ver a outra.

Depois da queda,
o corredor cheirava   ›

ao perfume de Kay
sempre que chovia

então mudamos novamente
para o segundo andar de uma casa rosa
na Madison Street.
Na frente havia uma escultura de um metro e meio
feita de pedra cinza,
marfim e areia. Uma pequena fonte lançava água
em cascata sobre as estátuas
de Maria, José e Jesus.
As pessoas paravam na frente da nossa casa,
faziam o sinal da cruz, murmuravam uma oração silenciosa
e seguiam em frente.

Esta casa é protegida, o senhorio disse à minha mãe.
Os santos nos mantêm seguros.
Esta casa é protegida, minha mãe sussurrou para nós.
Pelos Santos da Escultura Feia.

Depois da queda,
algumas vezes eu via minha mãe
sorrindo para aquela escultura. E no seu sorriso
havia o sorriso da tia Kay, as duas
naquela risada secreta de irmãs, as duas
juntas novamente.

caderno de composição

E de alguma forma, um dia, está apenas ali
manchado de preto e branco, o papel
lá dentro cheirando a algo em que eu poderia cair,
viver ali — dentro daquelas páginas brancas e limpas.

Não sei como meu primeiro caderno de composição
foi parar nas minhas mãos, muito antes de eu conseguir
[escrever de verdade
alguém deve ter percebido que isso
era tudo de que eu precisava.

Difícil não sorrir o segurando, eu sentia a brisa
enquanto folheava as páginas.
Minha irmã achou que era uma sandice
eu ficar ali sorrindo;
não entendia como o cheiro, a sensação e a visão
do papel branco e brilhando
poderiam me trazer tanta alegria.

E por que ela precisa de um caderno? Ela nem sabe escrever!

Por dias e dias, eu só conseguia cheirar as páginas,
segurar o caderno junto de mim
e ouvir o barulho que as folhas faziam.
Nada no mundo é assim —
uma página branca e brilhante com

›

linhas azuis pálidas. O cheiro de um lápis recém-apontado
seu silêncio suave
um dia
finalmente se movendo
nas letras.

E mesmo que ela seja mais esperta do que qualquer um,
isso é algo
que minha irmã não chega nem perto
de entender.

no papel

A primeira vez que escrevo meu nome completo

Jacqueline Amanda Woodson

sem a ajuda de ninguém
numa página em branco no meu caderno,
    eu sei

se eu quisesse

poderia escrever qualquer coisa.

Letras se tornando palavras, palavras ganhando significado,
    se tornando
pensamentos fora da minha cabeça

se tornando frases
escritas por

Jacqueline Amanda Woodson

sábado de manhã

Alguns dias nesse novo lugar
só tem uma caixa de panqueca; misture
um ovo e água da torneira, o chiado
disso tudo junto
numa panela preta de ferro fundido,
as panquecas grudadas
sem recheio, mas comestíveis e nós
reclamando e desejando qualquer coisa
que nos levasse de volta a Greenville,
onde sempre havia algo saboroso
para comer. Lembramos
das couves crescendo
no Sul, dos melões, recém-colhidos
e pingando uma doçura que Nova York
nunca vai conhecer.
Comemos sem reclamar
nem choramingar ou perguntar à mamãe quando vai ter
recheio, manteiga, leite...
Lembramos de Greenville
sem ela, contamos nossas bênçãos em silêncio
e mastigamos.

primeira série

Minha mão dentro da mão da minha irmã,
caminhamos os dois quarteirões até a P.S. 106 —
tenho seis anos e
minha irmã me conta que nossa escola já foi um castelo.
Eu acredito nela. A escola se estende por um quarteirão
                                              [inteiro.
Lá dentro,
escadas de mármore abrem caminho para as salas de
                                    [aula cheias
de carteiras de madeira escura
pregadas em pisos de madeira escura polidos num alto e
bonito brilho.

Estou apaixonada por tudo ao meu redor,
as linhas brancas pontilhadas se movendo
no quadro-negro da minha professora, o cheiro de giz,
a bandeira se projetando da parede e balançando
                                   [lentamente
acima de mim.

Não há nada mais bonito do que a P.S. 106.
Nada mais perfeito do que minha sala de aula da primeira
                                       [série.
Ninguém mais gentil do que a sra. Feidler, que me recebe
na porta todas as manhãs,   ›

pega minha mão da mão da minha irmã, sorri e diz:
Agora que Jacqueline chegou, o dia finalmente pode começar.

E eu acredito nela.
Sim, eu realmente acredito nela.

outro salão do reino

Porque a vovó liga e pergunta
se estamos pregando a palavra de Jeová,
porque minha mãe promete para a vovó
que vai nos criar aos olhos de Deus,
ela encontra um Salão do Reino na Bushwick Avenue
para mantermos nossos caminhos como testemunhas de
                                                                    [Jeová.
Todos os domingos, vestimos nossas roupas do Salão do
                                                            [Reino,
pegamos nossas mochilas do Salão do Reino,
cheias dos nossos livros do Salão do Reino,
e andamos os sete quarteirões até o Salão do Reino.

Isso é o que nos lembra de Greenville,
passar as fitas de cetim no sábado à noite,
Hope brigando com o nó da gravata,
nossos cabelos besuntados de óleo e trançados,
as mãos da nossa mãe menos firmes
do que as da vovó, as mechas tortas, as tranças
se desfazendo. E agora, Dell e eu
é que passamos nossos próprios vestidos.
Minhas mãos,
minha mãe diz, enquanto está na pia, com uma mão
segurando Roman que chora
e com a outra uma garrafa de leite   ›

debaixo de água corrente morna,
estão ocupadas.

Minha mãe deixa a gente na porta do Salão do Reino,
nos observa caminhar
pelo corredor até onde os Irmãos e Irmãs
estão esperando
para ajudar a virar as páginas das nossas Bíblias,
ficar perto para compartilhar seus hinários,
colocar doces Life Savers nas nossas mãos que esperam...

Então nossa mãe vai embora, de volta para casa
ou para um banco no parque,
onde ela se senta e lê até o fim da reunião.
Ela tem um emprego em tempo integral agora. Domingo,
[ela diz,
é seu dia de descanso.

bandeira

Quando as crianças da minha classe perguntam
por que não posso jurar à bandeira
respondo que *é contra minha religião*, mas não digo,
estou no mundo, mas não sou do mundo. Isso
eles não entenderiam.
Embora minha mãe não seja testemunha de Jeová,
ela nos obriga a seguir as regras e
a sair da sala de aula quando o juramento é feito.

Todas as manhãs, saio com Gina e Alina
as outras duas testemunhas de Jeová da minha classe.
Às vezes, Gina diz
Talvez a gente devesse orar pelas crianças lá dentro
que não sabem que Deus disse:
"Nenhum outro ídolo antes de mim". Que nosso Deus
é um Deus ciumento.
Gina é a verdadeira crente. Sua Bíblia aberta
na hora da leitura. Mas Alina e eu desempenhamos
nossos papéis como testemunhas como se este fosse o
                                                    [papel
que nos foi dado numa peça
e, uma vez fora do palco, corremos livremente, cantamos
"America the Beautiful" e "The Star-Spangled Banner"
longe das nossas famílias — recitando cada palavra.
Alina e eu queremos
mais do que tudo voltar para a nossa sala de aula   ›

com as mãos no coração. Dizer:
"*Eu juro fidelidade...*" bem alto
sem nosso Deus ciumento vigiando.
　　　Sem que nossos pais saibam.
Sem as vozes das nossas mães
na nossa cabeça dizendo: *Você é diferente.*
Escolhida.
Boa.

Quando o juramento termina, caminhamos em fila
　　　　　　　　　　　　[indiana
de volta para a sala de aula, nos sentamos em nossos
　　　　　　　　　　　[lugares separados,
Alina e eu, longe de Gina. Mas Gina
sempre olha para nós, como se dissesse:
Estou de olho em vocês. Como se dissesse,
Eu sei.

porque somos testemunhas

Nada de Dia das Bruxas.
Nada de Natal.
Nada de aniversários.
Nem quando
outras crianças riem ao sairmos da sala de aula
assim que chegam os bolos de aniversário,
fingimos que não vemos a cobertura de chocolate,
fingimos que não queremos
pôr a ponta dos dedos
em cada granulado colorido e levá-los,
docinho por docinho,
à nossa boca.

Nada de votar.
Nada de brigas.
Nada de palavrões.
Nada de guerras.

Nunca iremos para a guerra.

Nunca provaremos a doçura de um bolinho de
                                    [aniversário
em sala de aula.
Nunca provaremos a amargura de uma batalha.

chuva no brooklyn

A chuva aqui é diferente daquela
chuva de Greenville. Nenhum cheiro doce de
[madressilva.
Nenhum macerado macio de pinho. Sem escorregar e
[deslizar pela grama.
Apenas mamãe dizendo: *Fique dentro de casa hoje. Está
[chovendo*,
e eu na janela. Nada para fazer a não ser
observar
a calçada cinza escurecendo,
observar
as gotas deslizando pela vidraça,
observar
as pessoas lá embaixo apressadas, cabeça baixa.

Já existem histórias
na minha cabeça. Têm cor, som e palavras.
Já desenho
círculos no vidro, cantarolando
em algum lugar longe daqui.

No Sul, sempre havia outro lugar para ir,
você podia sair na chuva e
a vovó deixava
levantar a cabeça e mostrar a língua,
ser feliz.

Lá no Sul, parece que foi há muito tempo,
mas as histórias na minha cabeça
me levam de volta para lá, me põem no jardim do papai,
onde o sol está sempre brilhando.

outro jeito

Enquanto nossos amigos estão assistindo TV ou
                              [brincando lá fora,
nós estamos em casa, sabemos que implorar para nossa mãe
ligar a televisão é inútil, implorar
por dez minutos lá fora só traz uma resposta dela:
Não. Dizendo:
Vocês podem correr livremente com seus amigos toda hora.
                                        [*Hoje*
quero que encontrem outro jeito de brincar.

E então, um dia minha mãe
chega em casa com duas sacolas de compras
cheias de jogos de tabuleiro — Banco Imobiliário, damas,
                              [xadrez,
Formiga nas Calças, Sorry, Trouble,
quase todos os jogos que já vimos
nos comerciais que passam na hora dos desenhos
animados de sábado de manhã.

Tantos jogos que não sabemos
por onde começar, então deixamos Roman escolher.
E ele escolhe Trouble
porque gosta do som que o dado faz
quando estoura dentro
da bolha de plástico. E por dias e dias,
é Natal em novembro,

›

jogos para brincar quando terminar o dever de casa,
dinheiro do Banco Imobiliário para contar
e damas para andar no tabuleiro, formigas para jogar
em calças plásticas azuis,
peças de xadrez para praticar até entendermos
seus movimentos;
e quando não jogamos direito, Roman e eu
                              [argumentamos
que há outro jeito de jogar
chamado *Nosso Jeito*. Mas Hope e Dell falam
que somos imaturos demais para entender,
então nos curvamos sobre o tabuleiro em silêncio, cada
                                        [um sendo
o próximo campeão de xadrez da casa, dependendo do
                                              [dia
e do jeito como o jogo é jogado.

Às vezes, Roman e eu deixamos Hope e Dell sozinhos,
vamos para outro canto da sala e nos tornamos
aquilo pelo que os outros nos chamam — *os mais novos*,
brincando com jogos cujas regras conhecemos:
jogo da velha e damas,
forca e ligue os pontos

Mas na maioria das vezes nos inclinamos em seus
                                        [ombros
o mais silenciosamente que podemos, observando
esperando
querendo entender
como jogar de outro jeito.

talentosa

Todo mundo sabe que minha irmã
é brilhante. As cartas chegam em casa bem dobradas
em envelopes de aparência oficial que minha irmã
                              [entrega orgulhosa
para minha mãe.
Odella conseguiu
Odella se destacou nisso
Odella é recomendada para aquilo
O excelente desempenho de Odella

Ela é talentosa,
somos informados.
E imagino presentes em torno dela.

Eu não sou talentosa. Quando leio, as palavras se retorcem,
girando na página.
Quando se acomodam, é tarde demais.
A turma já está fazendo outra coisa.

Quero capturar palavras um dia. Quero pegá-las
e soprar suavemente,
vê-las flutuar
saindo das minhas mãos.

às vezes

Há apenas uma outra casa na nossa rua
onde não mora um pai. Quando alguém pergunta por quê,
o menino responde: *Ele morreu.*
A garota olha para o outro lado da rua, o polegar
subindo lentamente até a boca. O menino continua,
Eu era bebê. Ela não se lembra dele
e aponta para sua irmã silenciosa.

Às vezes, minto sobre meu pai.
Ele morreu, eu digo, *num acidente de carro* ou
Caiu do telhado ou talvez
Ele vai chegar logo.
Semana que vem e
semana que vem e
semana que vem... mas
se minha irmã está perto,
ela balança a cabeça. Diz:
Ela está inventando histórias de novo.
Diz:
Não temos mais pai.
Diz:
Nosso avô que é nosso pai agora.
Diz:
Às vezes, é assim que as coisas acontecem.

tio robert

Tio Robert se mudou para Nova York!

Eu o ouço subindo dois degraus
de cada vez e então
ele está na nossa porta, batendo forte até nossa mãe
    abrir,
bobes no cabelo, roupão fechado, murmurando,
É quase meia-noite, não acorde meus filhos!

Mas já estamos acordados, nós quatro, sorrindo
    e pulando em volta do
meu tio: *O que você trouxe pra mim?*

Nossa mãe nos manda calar, diz
Está muito tarde pra presentes e essas coisas.
Mas queremos presentes e essas coisas.
E ela também está sorrindo agora, feliz por ver seu
    irmãozinho que mora lá
em Far Rockaway onde dá para ver o oceano
se olhar pela janela.

Robert abre a mão e revela um par de brincos de prata,
diz para minha irmã: *Este presente é por você ser tão*
                                 [*inteligente.*
Eu quero
ser inteligente como Dell, eu quero

›

que alguém me dê prata e ouro
só porque meu cérebro clica num pensamento sempre
que precisa, mas
não sou inteligente como Dell, então a vejo pressionar
    as orelhas com as luas prateadas.
Digo: *Conheço uma garota dez vezes mais inteligente do que*
                                       [*a Dell. Ela ganha*
diamantes toda vez que tira dez numa prova.
    E Robert olha para mim, seus olhos escuros sorrindo,
                                       [pergunta,
Você está inventando isso? Ou é sério?
Na minha cabeça,
é sério como qualquer coisa.

Na minha cabeça,
todo tipo de pessoa faz todo tipo de coisas.
Quero contar para ele que
o mundo em que vivemos aqui em Bushwick não
é o único lugar. Mas agora meus irmãos estão
                         [perguntando:

O que você trouxe pra mim, e meu tio está tirando presentes
    dos bolsos,
da pasta de couro, de dentro das meias.
    Ele dá
um disco para minha mãe, um compacto — James Brown,
    que nenhum de nós
gosta porque ele grita quando canta. Mas minha mãe
    põe no toca-discos, deixa baixinho
        e aí até nós, crianças, ficamos dançando...   ›

Robert mostrando os passos que aprendeu
nas festas em Far Rockaway. Seus pés são mágicos
e nós tentamos deslizar pelo chão como ele,
com nossos pés, várias vezes,
nos traindo.

Ensina a gente, Robert! Pedimos sem parar. *Ensina a gente!*

desejos

Quando o tio Robert leva a gente ao parque, ele fala:
Pega um dente-de-leão e faz um pedido.
Todos os seus pedidos vão se realizar, ele diz enquanto
perseguimos os desejos de plumas em volta dos balanços,
debaixo das tábuas deslizantes,
até que conseguimos segurá-los nas mãos,
os olhos fechados com força, sussurrando nossos sonhos
e depois os deixamos flutuar pelo universo, esperando
que aquilo que nosso tio diz seja verdade,
esperando que cada coisa que desejamos
um dia se torne realidade.

acreditar

As histórias começam assim:

Jack e Jill subiram uma colina, meu tio canta.
Eu subi uma colina ontem, eu digo.
Qual colina?
A do parque.
Que parque?
O parque Halsey.
Quem foi com você?
Ninguém.
Mas você não pode ir ao parque sozinha.
Mas eu fui.
Talvez você tenha sonhado, meu tio diz.
Não, eu fui sim.

E meu tio gosta das histórias que estou inventando.

... Então veio uma aranha e se sentou ao lado dela.
Eu fui picada por uma aranha, eu digo.
Quando?
No outro dia.
Onde?
Bem aqui no pé.
Me deixa ver.
Agora já passou.

Mas minha mãe me acusa de mentirosa.
Se você mentir, ela diz, *um dia também vai roubar.*

Eu não vou roubar.
É difícil entender como uma coisa leva à outra,
como histórias podem
nos tornar criminosos.

É difícil entender
como meu cérebro funciona — tão diferente
de todos ao meu redor.
Como cada nova história
que me contam se torna uma coisa
que acontece,
de alguma outra forma
para mim...!

Continue inventando histórias, meu tio diz.
Você está mentindo, minha mãe diz.

Talvez a verdade esteja em algum lugar entre
tudo o que me contaram
e a memória.

desafinados

Iniciamos cada reunião no Salão do Reino com uma música
e uma oração
mas estamos sempre atrasados,
começando quando os hinários cor-de-rosa já estão abertos,
olhando por cima dos ombros, perguntando aos Irmãos
                                             [e Irmãs
para nos ajudar a encontrar o fraseado.
Se é uma música de que gosto, canto alto até minha irmã
                                             [me calar
com um dedo na boca.

Toda a minha família sabe que não sei cantar. Minha voz,
minha irmã diz, está desafinada. Exatamente
fora do tom.

Mas eu canto mesmo assim, sempre que posso.

Até mesmo as canções chatas das testemunhas de Jeová
                                   [soam bonitas para mim,
    as letras
contando como Deus quer que nos comportemos,
o que Ele quer que façamos:
Alegrai-vos, com seu povo, nações! Preguem
    de porta em porta!
As boas novas do reino de Jeová —
Proclamem de Norte a Sul!

É a melodia que envolve as palavras que ouço
na minha cabeça, embora
todo mundo jure que não *consigo* ouvir.
Estranho que não ouçam
o que eu ouço.

Estranho que soe tão bonito

para mim.

eva e a serpente

Os sermões de domingo são proferidos por homens.
As mulheres não podem subir no tablado assim,
sozinhas para contar a história de Deus. Não entendo
por quê, mas escuto mesmo assim:

No primeiro dia, Deus criou os céus e a terra
e Ele observou, e viu que era bom.

É uma longa história. É uma boa história.
Adão e Eva foram criados,
uma serpente apareceu numa árvore. Uma serpente
                                        [falante.
Então Eva teve de fazer uma escolha — a maçã que a
                                      [serpente
    queria que ela comesse
parecia tão boa — apenas uma mordida. Mas era a única
                                      [maçã
    num reino cheio de maçãs
que Deus disse: *Não toque!*

É a melhor maçã do mundo, a serpente disse.
    Vai, experimenta. Deus não vai se importar.

Mas sabemos o final — gritamos dentro da nossa cabeça:
Não faça isso, Eva! É o Diabo dentro dessa serpente!
    Ele está te enganando!

Mas Eva deu a mordida. E aqui estamos nós,
sentados num Salão do Reino
numa linda tarde de domingo,
esperando que Deus veja em Seu coração e saiba que
não foi nossa culpa. Nos dê outra chance
de mandar aquela serpente embora e prometemos
dizer não desta vez!

nosso pai, desaparecendo

Em todas as mudanças, esquecemos nossa família em Ohio,
esquecemos a voz do nosso pai, o sotaque lento
das suas palavras,
a maneira como ele e seu irmão David faziam piadas
que não eram engraçadas
e riam como se fossem.

Esquecemos a cor da sua pele — era
retinta como a minha ou mais clara como a de Dell?
Ele tinha os cachos soltos de Hope e Dell ou como o meu,
mais definido, crespo?

Sua voz era grave ou aguda?
Ele abraçava como a vovó Georgiana segurando forte
como se nunca fosse nos soltar ou era
um abraço forte e rápido como o da mamãe,
plantando os lábios quentes na nossa testa e
o beijo que continua
muito depois
de ela dizer eu te amo, vestir o casaco e sair
para trabalhar todas as manhãs?

No Brooklyn não recebemos mais telefonemas de Ohio.
Não recebemos mais telefonemas do nosso pai,
    [do vovô Hope,   ›

da vovó Grace,
do David, da Anne, da Ada ou da Alicia.

É como se cada família
tivesse desaparecido da outra.

Depois, alguém que conhece alguém em Ohio
    que conhece os Woodson
conta à minha mãe que o vovô Hope morreu.
No jantar dessa noite, nossa mãe nos dá a notícia, mas
continuamos comendo porque não sabíamos
que ele ainda estava vivo.

E por um momento, penso em Jack... nosso pai.
Mas então
rapidamente o
pensamento passa.

Longe dos olhos, longe do coração, meu irmão diz.

Mas apenas uma parte de mim acredita que isso é
                                    [verdade.

metade do caminho para casa #2

Por um longo tempo, há apenas uma árvore na nossa rua.
E embora ainda pareça
estranho estar tão longe da terra macia
sob os pés descalços,
o solo é firme aqui e a única árvore floresce
o suficiente para sombrear quatro prédios.
A cidade está se assentando ao meu redor, minhas palavras
    vêm rápido agora
quando eu falo, a ondulação suave do Sul na minha língua
está quase sumindo.

Quem são as crianças nessa cidade? A vovó ri,
    sua voz
triste e longe no telefone. Mas é uma
    ligação de longa distância
de Greenville para o Brooklyn, muito dinheiro
e pouco tempo para explicar que
essa cidade Nova York é uma selva de pedra
e carros acelerados.
As cores dos semáforos se alteram tão rápido que minha
                       [irmã tem de
segurar firme na minha mão
enquanto atravessamos, e um pequeno homem cantando
Piragua! Piragua!
vende raspadinhas num carrinho branco cheio
de garrafas e mais garrafas de calda de frutas   ›

vermelhas, roxas, laranja e azuis.
E ficamos com água na boca debaixo do sol quente
                         [enquanto entregamos
as moedas e esperamos pacientemente que ele derrame
     a calda no gelo e entregue
em cones de papel para nós.

Logo a gente vai voltar pra casa, vovó,
cada um de nós promete.
Te amamos.

E quando ela responde, *eu também amo vocês,*
o Sul é tão forte na sua boca
que meus olhos se enchem da falta
de tudo e de todos
que já conheci.

o comedor de tinta

À noite, no canto do quarto que
nós quatro compartilhamos,
uma futucada e mais outra, cavoucando a tinta
da parede descascada de manhã.

Meu irmão mais novo, Roman,
não consegue explicar por que a tinta derretendo
na língua é tão saborosa.

Mesmo assim, ele come a tinta
e a argamassa até que um buraco branco
cresce onde antes havia tinta verde-clara.

E só mais tarde o pegamos,
com os dedos na boca,
os lábios cobertos de poeira.

química

Quando Hope fala, sempre é sobre histórias em quadrinhos
e super-heróis
até que minha mãe diz que ele precisa conversar
sobre outra coisa.
E aí é ciência. Ele quer saber
tudo
sobre foguetes, medicina e a galáxia.
Ele quer saber onde termina o céu e como,
e qual é a sensação quando não há a gravidade
e qual é a comida que os homens comem
na Lua. Suas perguntas são feitas com tanta rapidez
e frequência que esquecemos como ele era quieto
até que minha mãe
comprou um kit de química para ele.

E aí, por horas depois da escola, todos os dias
ele faz poções, mistura produtos químicos que fedem
na casa toda, faíscas voam
de pedaços de ferro raspados,
nuvens de fumaça saltam de líquidos de cores estranhas.
Ficamos fascinados por ele, os olhos arregalados e inclinados
    sobre o fogão,
um tubo de ensaio protuberante
na sua mão enluvada.

Nos dias em que nossa mãe diz
que não quer que ele deixe a casa fedendo
com suas poções, ele vai para os trenzinhos, desmontando
em pedacinhos, e depois junta tudo de novo aos poucos.

Não sabemos o que ele procura enquanto
examina o interior das coisas, estudando
como elas se modificam. Cada sussurro *Uau*
que ele solta me faz pensar que,
com essa sua busca — e a de Dell, com a leitura,
e até mesmo Roman, na tentativa de comer
até o fundo das nossas paredes —, ele está procurando
por algo. Algo muito além do Brooklyn.
Algo
lá
fora.

um bebê em casa

E um dia, Roman não se levanta,
o sol brilhando entra
pela janela do quarto, nós
estamos vestidos e prontos para sair.
Nenhuma risada — apenas lágrimas quando o abraçamos.
Mais lágrimas quando o colocamos no chão.
Ele não come, nem mesmo minha mãe
consegue ajudá-lo.

Ela o leva para o hospital e volta

sozinha.

E por muitos dias depois disso, não tem nenhum bebê
na nossa casa, finalmente sou
a menininha de novo, desejando

não ser. Desejando que não houvesse tanto silêncio
onde antes estava a risada do meu irmão, desejando

que o verdadeiro bebê da nossa casa
estivesse aqui.

ir para casa, de novo

Julho chega e Robert leva a gente no trem noturno
de volta para a Carolina do Sul. Damos um beijo
de despedida no nosso irmão mais novo na cama de
[hospital, onde
ele estende a mão e chora para vir junto.

Suas palavras são frágeis como água, não mais
do que um sussurro com todo esse ar ao seu redor.

Eu também vou, ele diz.

Mas ele não vem.
Não dessa vez.
Minha mãe diz que ele está com chumbo no sangue
por causa da tinta que ele futuca
e come na parede do nosso quarto
toda vez que não estamos olhando.
Pequenas lascas crescem, como estrelas brancas contra
a tinta verde, cobertas repetidas vezes
pela nossa mãe. Mas, ainda assim, ele encontra um jeito.

Cada um de nós o abraça, prometendo
trazer doces e brinquedos.
Prometendo que o Sul não vai ser divertido
sem ele.

Cada um de nós se inclina
para receber o beijo da mamãe na testa,
seus lábios acolhedores, uma lembrança

que cada um de nós leva para casa.

em casa de novo, na hall street

A cozinha da minha avó continua
grande, amarela e cheira ao bolo
que ela fez para nos receber.

E agora, no fim da tarde, ela está parada
na pia, cortando couve
sob a água corrente, enquanto os corvos grasnam lá fora
e o sol se põe lentamente num vermelho e dourado.

Quando Hope deixa a porta de tela bater,
ela se agita:
Menino, não bate a minha porta de novo! e meu irmão
                                              [responde:
Desculpe.

Como sempre.

Daqui a pouco vai ter limonada na varanda,
o balanço choramingando a mesma música da noitinha
que ele sempre canta,
meu irmão e minha irmã com o jogo de damas no meio
                                              [deles,
eu ao lado do meu avô, caindo de sono
no seu ombro magro.

E nem é estranho que pareça
　　o que sempre foi:
o lugar ao qual pertencemos.

O *lar*.

casa da sra. hughes

Em Greenville, meu avô está muito doente
para trabalhar, por isso a vovó tem um emprego em
[tempo integral.
Agora passamos todos os dias de julho
até meados de agosto
na creche e escola da sra. Hughes.

Todas as manhãs, caminhamos pela longa estrada
[poeirenta
até a casa da sra. Hughes — uma grande pedra branca,
com um quintal circundando e galinhas bicando nossos pés.
Além do quintal tem uma horta com couve e milho,
um espantalho, cobras-pretas e noitibós-cantor.

Ela é uma mulher grande, alta, de pele amarela e grossa
como uma parede.
Seguro firme a mão da minha avó. Talvez
eu esteja chorando.

Minha avó vai embora e
as outras crianças nos rodeiam. Riem dos
nossos cabelos, das nossas roupas, dos nomes que
[nossos pais
nos deram,
do nosso jeito de falar da cidade — rápido demais,
[palavras demais ›

para ouvir ao mesmo tempo,
palavras complicadas demais que saem da
boca da minha irmã.

Sou sempre a primeira a chorar. Um tapa suave na lateral
da minha cabeça, um beliscão sem ninguém ver,
as garotas me rodeando e cantando, *Quem roubou o pão
da casa do João* e
me apontando, como se a música fosse real, e eu a ladra.

As lágrimas da minha irmã demoram a vir. Mas quando
                                        [vêm,
não são de tristeza.
É algo diferente que a faz balançar
    os punhos quando
as outras puxam suas tranças até que as fitas de cetim
recém-passadas fiquem com elas,
escondidas nos bolsos dos vestidos,
enfiadas nas
suas meias frouxas, enterradas dentro das
lancheiras prateadas.

Hope fica em silêncio — o nome dele, dizem, é de
                                        [menina,
as orelhas dele, riem,
são orelhas de abano.

Nossos pés estão começando a pertencer
a dois mundos diferentes — Greenville
e Nova York. Não sabemos como voltar   ›

para casa
e deixar
a casa
para trás.

saber escutar #4

Crianças são malvadas, Dell diz.
*Só ignora. Finge que não
caímos nessa, nem a pau.*

serviço de campo

Sábado de manhã é o dia mais difícil para nós agora.
Durante três horas percorremos
as ruas de Nicholtown,
batendo às portas de estranhos, na esperança de
[convertê-los
em Irmãs, Irmãos e filhos de Deus.

Neste verão, posso bater na minha primeira porta
sozinha. Uma velha responde e sorri gentilmente
[para mim.
Que criança especial você é, ela diz.
Fitas azul-celeste no cabelo, minha *Sentinela* bem
[apertada
nas mãos com luvas brancas,
o vestido de linho azul que uma amiga da vovó
fez para mim, um pouco acima dos joelhos.

Meu nome é Jacqueline Woodson, sussurro,
minha voz repentinamente seca
quase desaparecendo.
Estou aqui hoje pra trazer boas novas...

Ah! Quanto custa sua boa nova, a mulher
quer saber.
Dez centavos.

Ela balança a cabeça com tristeza, fecha a porta por
                              [um momento
para procurar embaixo de um baú onde espera
ter deixado cair uma ou duas moedas.
Mas quando ela volta, não há moedas
na sua mão.
Ah, eu adoraria ler essa revista, ela diz.
Mas não tenho dinheiro.

E por muitos dias meu coração dói de tristeza
porque uma mulher tão boa não estará no
      novo mundo de Deus.
Não é justo, falo para a vovó depois
de passados muitos dias.
Quero voltar lá. Quero dar algo para ela
      de graça.

Mas agora já passamos por aquela rota de Nicholtown.
No próximo sábado estaremos em outro lugar.
Outra testemunha vai lá, a vovó promete.
Aos poucos, ela diz, *essa mulher vai encontrar o caminho.*

domingo à tarde
na varanda

Do outro lado da rua,
Dona Bell com seu chapéu xadrez azul amarrado
no queixo, levantou a cabeça do canteiro
de azáleas e acenou para minha avó.
Estou sentada ao lado dela no balanço da varanda, Hope
e Dell recostados na viga de madeira
no topo da escada da varanda. É como se
sempre estivéssemos nessa posição,
o balanço da varanda num suave vaivém para lá e para cá,
o sol quente no nosso rosto, o dia apenas pela metade.

Olha, seus netos voltaram pro verão,
dona Bell diz. *Como estão crescidos.*

É domingo à tarde.
Nos fundos, meu avô arranca ervas daninhas do seu jardim
e cava delicadamente a terra rica para plantar novas
[sementes de melão.
Perguntando se
dessa vez vão crescer. Ele faz tudo isso
sentado num banquinho, com uma bengala ao lado.
Ele se movimenta como se estivesse debaixo d'água,
[tossindo
forte e longamente num lenço, chama Hope
quando precisa mudar o banquinho de lugar, me vê
[observando ›

e balança a cabeça. *Tô te achando preocupada*, ele diz.
Tão novinha pra isso. Para já com isso, viu?
Sua voz
está tão forte e limpa hoje que não consigo deixar de sorrir.

Daqui a pouco vou me levantar da varanda,
trocar minhas roupas do Salão do Reino por
um short e uma blusa de algodão,
tirar minhas sapatilhas Mary Jane de couro e ficar
[descalça,
e vou para o jardim com meu avô.

Por que que cê demorou tanto?, ele vai perguntar. *Já tava
[quase trocando
a terra sem você.*

Daqui a pouco, terá anoitecido e papai e eu
vamos caminhar lentamente
de volta para casa, vou tirar o sal Epsom
da prateleira
encher uma panela com água morna e massagear
suas mãos inchadas.

Mas, por enquanto, fico sentada ouvindo Nicholtown se
[acomodar
ao meu redor,
rezando para que um dia Roman esteja bem o bastante
para viver este momento.
Rezar para que sempre tenhamos isto: a varanda,
meu avô no jardim,

›

uma mulher com um chapéu xadrez azul
andando entre as azáleas...

Que crianças lindas, dona Bell diz.
Como tudo que Deus faz.

em casa, depois em casa de novo

Tão rápido, nosso verão em Greenville
está terminando.
Os telefonemas da minha mãe
já são cheios de planos de voltar para casa.
Sentimos saudade
da risada do nosso irmãozinho, o jeito
que ele corre até nós depois da escola, como
se tivéssemos partido para sempre. O jeito como suas
                             [mãozinhas
se agarram nas nossas quando assistimos TV. Apertando
com força nas partes assustadoras, até a hora em que
Scooby-Doo salva o dia,
o Pernalonga foge
e o Vira-Lata chega antes que o trem atinja a repórter
Polly Puro-Sangue.

Nós arrastamos os pés embaixo dos balanços,
os braços relaxadamente enrolados na corrente de metal,
não mais fascinados pela novidade
do brinquedo, o jeito que escalávamos o escorregador,
embalando com força — as pernas para o céu até
o balanço tremer com nosso peso o levantando
do chão.

No próximo verão, meu avô disse, *vou cimentar isso.*
Mas, enquanto isso,
vocês balançam baixinho.

Nossas malas ao pé da cama se abrem
pouco a pouco, cheias de roupas de verão recém-lavadas,
cada blusa, cada shorts, cada vestido de algodão desbotado
guardando histórias que contaremos inúmeras vezes
durante todo o inverno.

PARTE IV

no fundo
do
meu coração,
eu
acredito

família

Nos livros, sempre existe um felizes para sempre.
O patinho feio cresce e se torna cisne, Pinóquio
se transforma em menino.
A bruxa é jogada no forno por Maria,
o Gigante Egoísta vai para o céu.
Até Winnie, o ursinho Pooh, sempre tem um pote de mel.
A avó da Chapeuzinho Vermelho é libertada
da barriga do lobo.

Quando minha irmã lê para mim, espero o momento
em que a história se acelera — o final feliz
que eu sei que está chegando.

No ônibus de Greenville para casa, me animo para
[o quase
final feliz, minha mãe na estação, Roman
no carrinho, com o sorriso brilhante, os braços estendidos
[para nós,
mas vemos o adesivo branco do hospital como uma pulseira
em seu pulso. Amanhã ele vai voltar para lá.

Não estamos todos finalmente e fora de perigo
em casa.

um lugar

Por muito tempo, nosso irmão mais novo
vai e volta para o hospital, com o corpo
fraco por causa do chumbo, o cérebro
sem fazer o que um cérebro deveria fazer. A gente não
entende por que ele é tão pequeno, tem tubos
saindo dos braços, dorme sem parar...
quando o visitamos.

Mas um dia
ele vem para casa. Os buracos na parede
foram tapados e deixados
sem tinta, sua cama afastada da *tentação*,
não há nada para ele descascar.

Ele tem quatro anos, os cachos desapareceram faz tempo,
                              [o cabelo castanho-escuro
liso como um osso, estranho para nós, mas
nosso irmão mais novo, nós quatro de novo

no mesmo lugar.

maria

É final de agosto;
voltei de Greenville e estou pronta
para o que o resto do verão me trouxer.
Todos os sonhos que esta cidade guarda
lá fora — basta atravessar pela porta e caminhar
duas portas até onde mora
minha nova melhor amiga, Maria. Todas as manhãs,
eu a chamo da sua janela, *Vem aqui fora*,
ou ela toca a campainha, *Vem aqui fora*.
Seu cabelo supercacheado caindo nas costas,
o espanhol que ela fala parece uma canção
que estou aprendendo a cantar.
Mi amiga, Maria.
Maria, minha amiga.

como escutar #5

Qual é seu maior sonho,
minha amiga Maria me pergunta.
Seu maior desejo se tornou realidade?

moleca

Minha irmã, Dell, lê o tempo todo
e nunca aprendeu
a pular corda ou
jogar handebol contra a parede da fábrica na esquina.
Nunca aprendeu a correr
descalça pela rua
para se tornar
a garota mais rápida
da Madison Street.
Não aprendeu
pique-esconde nem pique-bandeira,
nem a chutar latinhas...
Mas eu faço todas essas coisas, e por isso
Moleca é meu novo nome.
O jeito que ando, minha mãe diz,
lembra meu pai.
Quando me afasto dela com grandes passadas,
ela se lembra dele.

fim de jogo

Quando minha mãe chama,
Hope Dell Jackie — para dentro!
é fim de jogo.
Fim da leitura na luz da rua
para a Dell. Mas para mim e meu irmão
é o fim *de tudo*! Fim do
pique-bandeira
pique-esconde
brincadeiras de roda
de pião
pular cordas duplas.
Fim da
estátua,
gato-mia
batata-quente.
Fim do
qual é a música.
Fim da
caçada ao carrinho de sorvete:
Espere! Espere, sorveteiro! Minha mãe vai
me dar dinheiro!
Fim dos
jatos d'água no hidrante
ou dos punhos fechados e estendidos,
uma moeda escondida e uma parlenda:
Bão balalão, aqui tem um dinheirão, adivinha em que mão?!

Quando minha mãe chama,
Hope Dell Jackie — para dentro!
reclamamos enquanto subimos a rua no pôr do sol:
Todo mundo pode brincar aqui fora até escurecer.
Nossos amigos param bem na hora —
que o barbante está desenrolando do pião,
esperando ser marcados e descongelados,
procurando a letra de uma música,
molhados da água do hidrante,
calados no meio da brincadeira de roda...

É fim de jogo quando começa a escurecer e tudo o que
[ouvimos
são nossos amigos
Ah... cara!!
Que chatice!
Sério?! Mas já?!
Que droga!
Puxa. Que mãe brava!
Dormem com as galinhas!
Por que ela tem que atrapalhar nosso jogo desse jeito?
Eita. Agora
é fim de jogo!

lições

Minha mãe diz:

Quando a mamãe tentou me ensinar

a fazer couve e salada de batata,
eu não quis aprender.

Ela abre a caixa de mistura para panqueca, acrescenta
[leite
e ovo, mexe. Eu observo
agradecida pela comida que temos agora: calda
[esperando
no armário, bananas para fatiar em cima.
É sábado de manhã.
Cinco dias por semana, ela deixa a gente
e vai trabalhar num escritório em Brownsville.
Sábado ela é só nossa, o dia inteiro.

Kay e eu não queríamos cozinhar lá dentro.

Ela mexe as pelotas da massa e despeja
na assadeira untada com manteiga.

Queríamos estar com nossos amigos
correndo desembestados por Greenville.
Tinha um cara com um pessegueiro no caminho da estrada. ›

Uma vez Robert pulou a cerca e encheu um balde
com pêssegos. Não dividiu com nenhum de nós, mas
contou onde ficava o pessegueiro. E era lá que a gente
queria estar,
roubando os pêssegos da árvore daquele cara, jogando
os podres
no seu tio!

A mamãe queria que a gente aprendesse a cozinhar.

Pede pros meninos, falamos pra ela. E a mamãe sabia que
                          [não era justo
as meninas enfurnadas lá dentro e os meninos roubando
                                  [pêssegos!
Então ela deixava todos nós
ficar do lado de fora até a hora do jantar.

E depois, ela conta, colocando nosso café da manhã na mesa,

já era tarde demais.

trocando de lugar

Quando a mãe da Maria faz
arroz con habichuelas y tostones,
trocamos jantares. Se for noite de aula,
corro para a casa da Maria, da minha mãe levo
frango assado e macarrão com queijo,
às vezes pão de milho,
às vezes vagem em conserva,
tudo quentinho nas minhas mãos, pronto para provar o
                        [tempero
da mãe da Maria e seu arroz e feijão com alho,
banana verde amassada,
frita, salgada e quentinha...

Maria me esperando, seu prato coberto com papel-
                        [-alumínio.
    Às vezes
sentadas uma do lado da outra na varanda dela, nossos
                        [pratos trocados
no colo.
O que vocês estão comendo?, as crianças da vizinhança
                        [perguntam,
mas nunca respondemos, ocupadas demais com a boca
                        [cheia
da comida que amamos.   ›

Sua mãe faz o melhor frango, Maria diz. *O melhor*
pão de milho. O melhor de tudo!
Verdade, eu concordo.
Acho que a vovó conseguiu ensinar alguma coisa pra ela, no
[fim das contas.

escrevendo #1

É mais fácil inventar histórias
do que escrevê-las. Quando falo,
as palavras saem de mim. A história
desperta e anda por todo o quarto. Se acomoda numa
[cadeira,
cruza uma perna sobre a outra e diz:
Deixe que me apresente. Então começa e não para mais.
Mas quando me debruço sobre meu caderno de
[composição,
apenas meu nome
vem prontamente. Cada letra, estampada com cuidado
entre as linhas azul-claras. Depois, tudo branco
o espaço e o ar e me pergunto: *Qual a mágica
para começar isso?* Tento uma e outra vez
até que não haja nada além de raspas
cor-de-rosa da borracha e um buraco
onde deveria haver uma história.

final do outono

A sra. Moskowitz nos chama um por um e diz:
Escreva seu nome completo na lousa.
Quando chega minha vez, vou caminhando pelo corredor
do meu lugar lá no fundo, escrevo *Jacqueline Woodson* —
como já fiz uma centena de vezes, me viro
para voltar ao meu lugar, orgulhosa
do meu nome em letras brancas na lousa preta
                              [empoeirada de giz.
Mas a sra. Moskowitz me interrompe e diz:
Em letra cursiva também, por favor. Mas o *q* de Jacqueline
                                        [é muito difícil,
então escrevo Jackie Woodson pela primeira vez. Difícil
apenas o *k*, um pouquinho.

É assim que você quer que te chamem?

Quero responder: *Não, meu nome é Jacqueline,*
mas tenho medo daquele *q* cursivo, sei
que talvez nunca consiga ligá-lo ao *c* e ao *u*,
então concordo, embora
esteja mentindo.

a outra woodson

Embora muitas pessoas pensem que minha irmã e eu
somos gêmeas,
sou a outra Woodson, passando todos os anos
na mesma sala de aula que ela no ano anterior. Cada
professora sorri quando chama meu nome. *Woodson*,
dizem. *Você deve ser irmã da Odella*. Então balançam a
[cabeça
lentamente, várias vezes, me chamam de Odella. Dizem,
Desculpe! Você se parece tanto com ela, e ela é TÃO
[*brilhante!*
e aí ficam esperando meu brilho iluminar
a sala de aula. Esperando meu braço subir
para responder tudo. Esperando que meu lápis
resolva os problemas de matemática
muito fáceis da folha mimeografada. Esperando que eu
[fique diante da turma,
lendo fluentemente palavras em que até estudantes do
ensino médio
tropeçam. E continuam esperando.
E esperando
e esperando
e esperando

até o dia que entram na sala de aula
quase me chamam de Odel — então param

se lembram de que sou a outra Woodson

e começam a buscar esse brilho

em outra carteira.

escrevendo #2

No rádio, Sly & the Family Stone estão cantando
"Family Affair", reconhecemos a canção porque é
a favorita da minha mãe, que ela ouve repetidas vezes.

You can't leave 'cause your heart is there, Sly canta.
*But you can't stay 'cause you been somewhere else.**

A música me faz pensar em Greenville e no Brooklyn
os dois mundos em que meu coração vive agora. Estou
                                        [escrevendo
a letra, tentando captar cada palavra
      antes que a canção acabe

e depois leio em voz alta para minha mãe. É assim
que estou aprendendo. As palavras vêm lentamente para
                                              [mim
na página até que
eu as memorize, lendo os mesmos livros
várias vezes, copiando
letras de músicas e comerciais de TV,
as palavras
se instalando no meu cérebro, na minha memória.
Nem todo mundo aprende   ›

---

* "Você não pode ir embora porque seu coração está bem aí,/ mas
   também não pode ficar porque está em outro lugar." [N. T.]

a ler desse jeito — a memória assumindo o controle
[quando o resto
do cérebro para de funcionar,
mas eu aprendo.

Sly segue cantando
sem parar, como se
estivesse tentando
me convencer de que o mundo inteiro
é apenas um monte de famílias
como a nossa

cuidando dos seus assuntos familiares.

Pare de sonhar acordada, minha mãe diz.

Então volto a escrever palavras
que são canções, histórias e mundos totalmente novos
que se aconchegam
na minha memória.

poema bétula

Antes de minha professora ler o poema,
ela precisa explicar.
Uma bétula, ela conta, *é uma espécie de árvore,*
então magicamente ela tira uma foto
da gaveta da escrivaninha e a árvore de repente
é real para nós.

"Quando vejo bétulas balançando pra lá e pra cá...", ela
[começa
"Através das folhas mais lisas e escuras da árvore,
gosto de pensar..."

e quando ela lê, sua voz fica tão baixa
e bonita
que alguns de nós põem a cabeça na carteira para evitar
que as lágrimas de felicidade fluam

"... algum garoto que as balançava.
Mas balançar não os obriga a ficar
Como as tempestades de gelo."

E mesmo que nunca tenhamos visto uma tempestade de gelo,
vimos uma bétula, então podemos imaginar
tudo o que precisamos para imaginar

226

para todo o sempre

o infinito

amém.

saber escutar #6

Quando me sento
à sombra do carvalho da minha rua,
o mundo desaparece.

leitura

Eu não sou minha irmã.
As palavras dos livros emaranhadas umas nas outras
fazem pouco sentido
até
que as leio muitas
e muitas vezes, a história
se formando na memória. *Muito devagar,*
a professora diz.
Leia mais rápido.
Muito infantil, a professora diz.
Engrosse a voz.
Mas não quero ler mais rápido ou mais adulta ou
de qualquer outra forma que possa
fazer a história desaparecer muito rápido de onde
    está se formando
dentro do meu cérebro,
lentamente se tornando
parte de mim.
Uma história de que me lembrarei
muito depois de tê-la lido pela segunda, terceira,
décima, centésima vez.

stevie e eu

Toda segunda-feira, minha mãe leva a gente
à biblioteca da esquina. Podemos pegar emprestado
sete livros cada um. Nesses dias,
ninguém reclama
que eu só quero livros ilustrados.

Nesses dias, ninguém me diz para ler mais rápido,
para ler livros mais difíceis,
como os que Dell lê.

Não tem ninguém para dizer: *Esse livro não*,
quando paro diante do pequeno livro
com um menino negro na capa.
Stevie.

Eu leio:
Um dia minha mãe me disse:
"Você sabe que está vindo
um amiguinho pra ficar com você."
E eu respondi: "Quem é?".

Se alguém estivesse me perturbando
para ler como minha irmã, eu poderia ter deixado escapar
o livro ilustrado cheio de pessoas negras, mais
pessoas negras do que eu já tinha visto
em qualquer livro antes.

O nome do menino era Steven, mas
sua mãe continuava chamando-o de Stevie.
Meu nome é Robert, mas a mamãe não
me chama de Robertie.

Se alguém tivesse tirado
esse livro da minha mão
e dito: *Você está velha demais pra isso,*
talvez
eu nunca tivesse acreditado
que alguém que se parece comigo
pudesse estar nas páginas de um livro;
que alguém que se parece comigo
tem uma história.

quando eu conto para minha família

Quando eu conto para minha família
que quero ser escritora, eles sorriem e dizem:
Te vejo escrevendo lá no quintal.
Dizem:
Te ouço inventando todas essas histórias.
E
Também já escrevi poemas.
E
É um bom passatempo, e dá pra ver como te mantém
                              [concentrada.
Dizem:
Mas talvez você devesse ser professora,
advogada,
cabeleireira...

Vou pensar nisso, eu respondo.

E talvez todos saibam
que esta é apenas mais uma das minhas
histórias.

vovô gunnar

Sábado de manhã e a voz do vovô Gunnar
está do outro lado da linha.
Todos agarramos o telefone.
Me deixa falar com ele!
É minha vez!
Não, é minha!
Até que a mamãe nos faz ficar em fila.

Ele tosse forte, respira fundo.
Quando fala, é baixinho como um sussurro.

Como que tão meus netos de Nova York, ele quer saber.

Estamos bem, eu respondo, segurando firme o telefone,
mas minha irmã já está tentando pegá-lo,
Hope e até mesmo Roman, todos nós
famintos pelo som
da sua voz distante.

Cês sabem o quanto eu amo vocês?

Infinito indo e voltando, respondo
como já fiz um milhão de vezes.

Então, o papai me diz: *Pode botar*
um pouquinho mais aí.

hope no palco

Até a cortina se abrir e ele aparecer ali,
dez anos e sozinho no meio do palco da P.S. 106,
ninguém sabia
que meu irmão mais velho sabia cantar. Ele está vestido
    como um pastor, sua voz
é suave e baixa, mais segura do que qualquer som que já
                                                    [ouvi
sair dele. Meu tranquilo irmão mais velho,
    que só fala
quando pedem, tem pouco a dizer a qualquer um de nós,
                                            [a não ser
quando está falando sobre ciência ou histórias em
                                [quadrinhos, agora
tem essa voz que circula no ar,
pousando límpida e doce ao nosso redor:

*"Tingalayo, vem burrinho, vem cá.
Tingalayo, vem burrinho, vem cá.
Meu burrinho anda, meu burrinho fala,
meu burrinho come com garfo e faca.
Ô Tingalayo, vem burrinho, vem cá."**

---

*   No original: *"Tingalayo, come little donkey come./ Tingalayo, come
    little donkey come./ My donkey walks, my donkey talks/ my donkey
    eats with a knife and fork./ Oh Tingalayo, come little donkey come"*.
    [N. E.]

Hope sabe cantar... minha irmã diz encantada,
    enquanto minha mãe
e o resto do público começam a aplaudir.

Talvez, estou pensando, exista algo assim escondido
em todos nós. Um pequeno presente do universo
esperando ser descoberto.

Meu irmão mais velho levanta os braços, chamando seu
                                [burrinho para casa.
Ele está sorrindo enquanto canta, a música ficando mais
                                        [alta
atrás dele.

"Tingalayo..."

E no auditório escuro, a luz
se concentra apenas em Hope
e é difícil acreditar que ele cante com uma voz
    tão mágica,
e ainda mais difícil acreditar que seu burrinho
vai voltar correndo.

papai desta vez

Greenville está diferente neste verão,

Roman está bem, lá no quintal, balançando alto. Em algum lugar
entre o verão passado e agora, o papai
cimentou o balanço no chão.
Roman não conhece os dias instáveis — apenas este momento,
seus Keds azul-escuros apontando para o céu,
    suas risadas e gritos, como o vento
entrando pela porta de tela.
Agora a vovó o manda ficar quieto,
o papai descansa no quarto, as cobertas puxadas
    até o queixo,
seu corpo magro muito menor do que eu me lembrava.

Só tô um pouco cansado, o papai me diz, quando entro na
                                            [ponta dos pés
com canja de galinha,
me sentando na beira da cama e tentando fazê-lo
tomar pequenos goles.
Ele se esforça para ficar sentado, me deixa alimentá-lo
em pequenas colheradas, mas apenas algumas
são suficientes. *Tô muito cansado pra comer mais*.
Então ele fecha os olhos.

Lá fora, Roman continua rindo e o balanço
range com seu peso.   ›

Talvez Hope também esteja lá, empurrando-o
no ar. Ou talvez seja Dell.
Os três preferem ficar do lado de fora.

O quarto dele está fedendo, minha irmã diz.
Mas não sinto cheiro de nada, só da loção
que passo nas mãos do meu avô.
Quando os outros não estão por perto, ele sussurra:
 Cê é minha favorita,
sorri e pisca para mim. *Cê vai ficar bem,*
 cê sabe.
Então ele tosse forte e fecha os olhos, com dificuldade
para respirar
dentro e fora de seu corpo.

Na maioria dos dias, fico aqui com meu avô,
 segurando sua mão
enquanto ele dorme,
afofando travesseiros e contando histórias
sobre meus amigos lá de casa.
Quando conversamos, falo com ele em espanhol,
o idioma que sai da minha língua
como se eu tivesse nascido sabendo.
Às vezes, meu avô diz:
Canta uma coisa bonita pra mim.
E quando canto para ele, não fico
fora do tom ou desafino a melodia.
Ele diz que canto lindamente.

Ele diz que eu sou perfeita.

o que todo mundo
sabe agora

Mesmo que as leis tenham mudado,
a vovó ainda leva a gente
para o fundo do ônibus quando estamos indo para o centro
na chuva. *É mais fácil*, a vovó diz,
do que deixar esses brancos me olhando como se eu fosse um

[lixo.

Mas não somos lixo. Somos pessoas
que pagam a mesma tarifa que outras pessoas.
Quando digo isso para a vovó,
ela concorda e diz: *É mais fácil ficar onde você é aceita.*

Olho em volta e vejo as pessoas
que vão direto para os fundos. Vejo
as que se sentam na frente, desafiando
qualquer um a fazê-los se levantar. E sei
que é assim que eu quero ser. Não medrosa
desse jeito. Corajosa
desse jeito.

Mesmo assim, minha avó pega minha mão no centro da

[cidade
e me puxa, passando pelos restaurantes que agora têm

[de nos deixar sentar ›

onde quisermos. *Não tem necessidade de criar problemas,*
ela diz. *Vocês vão voltar pra Nova York, mas*
eu vou continuar morando aqui.

Passamos direto pela Woolworth's
sem sequer olhar as vitrines,
porque a única vez que minha avó entrou lá
a fizeram esperar, esperar. *Agiram como*
se eu nem estivesse lá. É difícil *não* ver o momento:
minha avó com suas roupas de domingo, chapéu
com uma flor pregada
com delicadeza na sua cabeça, a bolsa de couro
perfeitamente fechada
nas suas mãos com luvas — quietinha, esperando
até o final do expediente.

fim do verão

O verão nos deixa muito rápido, damos um beijo
de despedida nos nossos avós, e meu tio Robert
está esperando
para nos levar para casa de novo.

Quando abraçamos nosso avô, seu corpo
é só pele e ossos. Mas agora ele está ali,
sentado à janela, com uma manta cobrindo
seus ombros magros.

Daqui a pouco vou voltar pro jardim, ele diz.
*Mas na maioria dos dias, só quero
me deitar e descansar.*

Acenamos novamente do táxi
que sai devagar — olhando nossa avó,
ainda acenando,
ficar pequenininha atrás de nós e nosso avô,
na janela,
desaparecer de vista.

far rockaway

Robert só fica o tempo suficiente
para minha mãe agradecer a ele
por ter comprado nossas passagens
e nos levar para casa.

Ele dá uma volta extravagante, aponta
dois dedos indicadores para nós
e diz: *Encontro todos vocês mais tarde*.

Falamos que ele precisa voltar logo,
lembramos de todas as coisas que ele prometeu:
viagens a Coney Island e ao Parque de Diversões Palisades,
    uma boneca Crissy
com cabelo que cresce, um caminhãozinho, *As viagens de*
                                 [*Gulliver*,
    doces.

Ele diz que não vai esquecer,
pergunta se não é um homem de palavra e
todos, menos minha mãe,
concordam.

É difícil não notar as sobrancelhas da minha mãe,
olhando seu irmão mais novo,
comprimindo os lábios. Uma vez,
no meio da noite, dois policiais

›

bateram à nossa porta, perguntando por Robert Leon Irby.
Mas meu tio não estava aqui.

Então agora minha mãe respira fundo e diz:
Fique bem.
Diz:
Não se meta em encrencas por aí, Robert.

Ele dá um abraço nela, promete que não
vai se meter, e depois vai embora.

ar fresco

Quando volto para o Brooklyn, Maria não está.
Ela foi para o interior do estado ficar com uma família,
segundo a mãe dela, que tem piscina. Aí sua mãe
põe um prato de comida na minha frente e conta
que sabe como eu adoro arroz e frango.

Quando Maria volta, ela está bronzeada e usando
um short novo. Tudo nela parece diferente.
Fiquei com umas pessoas brancas, ela me conta. *Brancos*
                                                            [*ricos.*
O ar no norte do estado é diferente. Não tem cheiro de nada!
Ela me dá um pedaço de chiclete escrito BUBBLE YUM
com letras brilhantes.
É o que eles mascam lá.
A cidade se chama Schenectady.

Durante todo o resto do verão, Maria e eu compramos
                                                     [apenas
     Bubble Yum, estourando
bolhas enormes enquanto peço para ela contar histórias
                                                        [e mais
histórias sobre a família branca de Schenectady.

Eles ficavam falando que eu sou pobre e queriam me dar coisas,
Maria conta. *Eu fiquei falando várias vezes que o lugar*
onde moramos não é pobre.   ›

No próximo verão, eu digo. *Você deveria ir pro Sul.*
Lá é diferente.

E Maria promete que sim.

Na calçada desenhamos uma amarelinha que jogamos
com pedrinhas lascadas, escrevendo com giz
Maria & Jackie Melhores Amigas Para Sempre em todo
chão que é liso.
Escrevemos tantas vezes que fica difícil andar
do nosso lado
da rua sem olhar para baixo
e ver a gente ali.

p.s. 106, haicai

Jacqueline Woodson.
Finalmente estou na quarta série.
Chovendo lá fora.

aprendendo com langston

Eu amava meu amigo.

Ele se afastou de mim.
Não há mais nada a dizer.
O poema termina,
Suave como começou —
Eu amava meu amigo.
    — Langston Hughes

    Eu amo minha amiga
e amo muito
quando brincamos
felizes. Espero que ela nunca se afaste de mim
    porque eu amo minha amiga.
    — Jackie Woodson

o gigante egoísta

Na história do Gigante Egoísta, um menininho abraça
um gigante que nunca havia sido abraçado.
O gigante se encanta
pela criança, mas um dia
esse menino desaparece.
Quando ele volta, tem cicatrizes nas mãos
e nos pés, assim como Jesus.
O gigante morre e vai para o céu.

A primeira vez que minha professora lê essa história para
                                    [a turma,
eu choro a tarde toda e continuo chorando
quando minha mãe chega do trabalho à noite.

Ela não entende por que eu
quero ouvir uma história tão triste várias vezes,
mas me leva à biblioteca da esquina
quando peço
e me ajuda a encontrar o livro para pegar emprestado.
O gigante egoísta, de Oscar Wilde.

Li a história repetidas vezes.
Assim como o gigante, também fico encantada pelo
                                    [menino Jesus,
há algo tão doce nele, que quero
ser sua amiga.

E aí um dia, minha professora me pediu para ir até a frente
para ler em voz alta. Mas eu não precisava levar
o livro comigo.
A história do Gigante Egoísta está inteira na minha cabeça,
morando lá. Recordei:

*"Todas as tardes, quando voltavam da escola,
as crianças iam brincar no jardim do Gigante..."*
Vou contando para a turma, toda a história fluindo de mim
até o final, quando o menino diz:

"Estas são as feridas do Amor...
*"Uma vez você me deixou brincar no seu jardim, hoje você vai vir
comigo pro meu jardim, que é o céu..."*

Como que você conseguiu fazer isso?, meus colegas perguntam.
Como você decorou todas essas palavras?

Eu fico quieta, sem saber o que dizer.
Como posso explicar que as histórias
são como o ar para mim,
eu as inspiro e as deixo sair
incessantemente.

Brilhante!, minha professora diz, sorrindo.
Jackie, isso foi absolutamente lindo.

E agora sei que
as palavras são meu Tingalayo. As palavras são meu brilho.

o livro das borboletas

Ninguém acredita em mim quando digo
que estou escrevendo um livro sobre borboletas,
embora me vejam com a pesada enciclopédia *O mundo*
                                    [*da criança*
no colo, aberta nas páginas onde estão
a monarca, a dama pintada, a rabo-de-andorinha gigante e
as borboletas-rainhas. Inclusive uma chamada buckeye.

Quando escrevo as primeiras palavras
As asas da borboleta sussurram...

ninguém acredita que um livro inteiro possa nascer
de algo tão simples como
borboletas que, meu irmão diz,
nem vivem tanto.

Mas no papel as coisas podem viver para sempre.
No papel uma borboleta
nunca morre.

seis minutos

As Irmãs no Salão do Reino têm seis minutos
para subir ao palco. Em pares. Ou trios.
Mas nunca sozinhas.
Temos de escrever esquetes
onde visitamos outra Irmã
ou talvez uma incrédula. Às vezes,
a peça acontece na mesa da cozinha de mentirinha
e, às vezes, na sala de mentirinha,
mas na realidade estamos apenas em cadeiras dobráveis,
                                                    [sentadas
no altar do Salão do Reino. A primeira vez
que tenho de fazer minhas falas, pergunto se posso
                                    [escrevê-las sozinha,
sem a ajuda de ninguém.
Tem cavalos e vacas na minha história, embora
o ponto principal supostamente seja
a história da ressurreição.
Digamos, por exemplo, escrevo,
que temos uma vaca e um cavalo que amamos.
A morte é o fim da vida para esses animais?
Quando minha mãe lê essas linhas,
ela balança a cabeça. *Você está fugindo do assunto,*
ela diz. *Você precisa tirar os animais daí, ir direto*
ao ponto. Comece com as pessoas.
Não sei o que devo fazer

com a parte fabulosa e mais interessante da minha história,
em que os cavalos e as vacas começam a falar comigo
e entre si. Mesmo sendo velhos
e que não vivam muito mais, eles não têm medo.
Você só tem seis minutos, minha mãe diz,
e não, você não pode se levantar e atravessar o palco
pra defender seu ponto de vista. Sua fala tem que ser feita
sentada.
Então eu começo de novo. Reescrevo:
Boa tarde, Irmã. Estou aqui hoje pra
trazer boas novas.
Você sabia que a palavra de Deus é absoluta? Em João,
capítulo cinco, versículos vinte e oito e vinte e nove...

prometendo a mim mesma que chegará um momento
em que poderei usar o restante da minha história
e ficar em pé quando a contar,
e dar a mim, aos meus cavalos e às minhas vacas
muito mais tempo
do que seis minutos!

primeiro livro

Tenho sete deles,
principalmente haicais, mas poemas rimados também.
Não é o suficiente para um livro
até eu cortar cada página num quadrado,
grampear os quadrados e escrever
um poema
em cada página.
Borboletas de Jacqueline Woodson
na capa.

O livro das borboletas
está pronto agora.

armazém de pechinchas

Na Knickerbocker Avenue é onde todo mundo
do bairro vai fazer compras.
Se estiver com fome tem pizzaria,
setenta e cinco centavos a fatia.
Tem sorveteria e as casquinhas custam vinte e cinco
[centavos.
Tem uma sapataria Fabco Shoes e um salão de beleza.
Uma loja de 1,99 da Woolworth e um armazém de
[pechinchas.
Por muito tempo, não coloquei um pé dentro da
[Woolworth.
Eles não deixavam as pessoas negras comerem nas lanchonetes
[deles
em Greenville, conto para Maria.
Nem morta que eles vão ver a cor do meu dinheiro!
Então, Maria e eu vamos ao armazém de pechinchas onde
três camisetas custam um dólar. Nós compramos
rosa-clara, amarela e azul-bebê. Todas as noites
fazemos um plano:
Usa a amarela amanhã, Maria fala,
eu também vou usar a minha.
Durante todo o ano, nos vestimos iguais,
andando para cima e para baixo na Madison Street
esperando alguém dizer: *Vocês são primas?*
para a gente poder sorrir e dizer:
Dá pra perceber só de olhar?!

nova amiga

Até que um dia, uma menina nova se muda para a casa ao
[lado, conta
que seu nome é Diana e se torna
a Segunda Melhor Amiga do Mundo Inteiro, minha e da
[Maria.
E mesmo que a mãe da Maria conhecesse a mãe
da Diana de Porto Rico,
Maria promete que isso não faz de Diana a *más mejor
amiga* — uma amiga melhor. Mas alguns dias, quando
está chovendo e a mamãe não me deixa sair,
eu as vejo
na rua, com os dedos entrelaçados,
virando a esquina e indo
à vendinha para comprar doces. Nesses dias,
o mundo parece tão cinzento e frio como é mesmo,
e é difícil
não acreditar que a garota não seja *más mejor* do que eu.
Difícil não acreditar
que meus dias como melhor amiga da Maria para todo o
[sempre, amém,
estão contados.

pasteles e pernil

No dia do batizado do Carlos, o irmão da Maria,
ele é só um bebezinho com uma bata de renda branca e
várias notas de vinte dólares dobradas em forma de leques
presas por todo o seu corpo,
parecendo um anjo verde e branco.

Maria e eu estamos perto do berço dele
conversando sobre todos os doces que poderíamos
                        [comprar com apenas
um daqueles leques. Mas sabemos que Deus está olhando
e nem ousamos tocar no dinheiro.

Na cozinha, o pernil assando no forno tem um
cheiro delicioso que se espalha pela casa e Maria diz,
Você devia comer só um pouquinho. Mas eu não posso
comer carne de porco. Por isso, espero que os *pasteles*
sejam servidos,
espero os que a mãe dela recheou com frango
pra Jackie, mi ahijada, espero o momento em que
poderei tirar o papel
da carne trinchada e coberta com banana,
quebrar em pedacinhos com as mãos e deixar
o *pastel* derreter na boca. *Minha mãe faz os melhores
pasteles do Brooklyn*, Maria diz. E mesmo tendo
comido apenas os da mãe dela, eu concordo.

Sempre que tem cheiro de pernil e *pasteles*
na rua, sabemos
que há alguma comemoração. E esta noite a festa
é na casa da Maria. A música está alta, o bolo
é grande e os *pasteles*
que a mãe dela está fazendo há três dias são

absolutamente perfeitos.

Levamos a comida para a varanda quando os adultos
começam a dançar merengue, as mulheres levantam os
                                        [vestidos longos
para mostrar os pés velozes, os homens batem palmas e
                                              [gritam:
Baila! Baila! até o chão da sala desaparecer.
Quando pergunto a Maria onde está Diana, ela responde:
Vão vir mais tarde. Esta parte é só pra minha família.

Ela puxa a casca crocante
do pernil, come a paleta suína
com arroz e feijão,
nossos pratos equilibrados no colo, copos altos de Malta
ao nosso lado.
E por muito tempo nenhuma de nós diz nada.

Sim, eu digo depois. *É apenas pra nós. A família.*

palavrões

Somos bons filhos,
as pessoas falam isso para minha mãe o tempo todo,
[dizem:
Você tem filhos tão educados.
Nunca ouvi uma palavra feia deles.

E é verdade — sempre dizemos *por favor* e *obrigado*.
Falamos calmamente. Olhamos nos olhos dos adultos
e perguntamos: *Como você está?* Abaixamos a cabeça
[quando oramos.
Não sabemos nenhum palavrão;
quando tentamos juntar palavras feias, soam estranhas
como bebezinhos tentando falar e misturando sons.

Em casa, não podemos usar palavras como
estúpido, imbecil, idiota ou *droga.*
Não podemos dizer
Eu odeio ou *eu queria morrer* ou *você me dá nojo.*
Não podemos revirar os olhos ou
desviar o olhar quando minha mãe está falando com a gente.

Uma vez, meu irmão disse *bunda* e ficou de castigo por
[uma semana,
sem poder brincar e sair a não ser para ir à escola.

Quando estamos com amigos e com raiva, sussurramos:
Seu idiota estúpido
e eles riem e então nos disparam palavrões
como se fossem balas, articulando as palavras
nos lábios como se tivessem nascido para pronunciá-las.
                                    [Eles provocam a gente,
dizem: *Fala de uma vez!*

Mas não podemos. Mesmo quando tentamos,
as palavras ficam presas na garganta, como se
nossa mãe
estivesse ali esperando, desafiando-as a alcançar o ar.

afros

Quando Robert chega com o cabelo afro, imploro
à minha mãe que faça o mesmo
penteado em mim.
Todo mundo na vizinhança
usa e todas as pessoas negras do programa *Soul Train*. Até
Michael Jackson e seus irmãos usam
o cabelo desse jeito.
Mesmo que não faça em mim,
minha mãe passa boa parte da manhã de sábado
no espelho do quarto,
arrumando o cabelo
numa enorme coroa preta e bonita.
O que
é cem por cento injusto,
mas ela diz: *Essa é a diferença entre
ser adulta e ser criança*. Quando
ela não está olhando, mostro a língua
para ela.
Minha irmã me pega no pulo e diz:
*E essa é a diferença
entre ser criança e ser adulta*,
como se tivesse vinte anos.
Aí ela revira os olhos para mim e volta a ler.

grafitti

Seu xarpi é seu nome próprio escrito com spray
estilizado do jeito que você quiser, onde quiser.
Nem precisa ser
seu nome verdadeiro — tipo o Loco, que mora na
[Woodbine Street.
Seu nome verdadeiro é Orlando, mas todo mundo
o chama pelo xarpi,
que está em todo lugar em Bushwick. Letras pretas e
[vermelhas
e uns olhos insanos dentro dos Os.
Alguns jovens sobem até o topo dos prédios, se penduram
na beirada
e picham seus nomes de cabeça para baixo.

Mas Maria e eu só conhecemos o chão, só conhecemos
a fábrica da esquina e sua parede rosa brilhante
recém-pintada. Só sei como meu coração pula
ao pressionar o spray, ouvir o chiado da tinta, e ver
J-A-C- começando.

Só conheço o timbre da voz do meu tio,

me detendo antes que meu nome
faça parte da história — como aqueles nos telhados,
nas escadas de incêndio e nos vagões do metrô. Eu gostaria
de poder explicar.

Gostaria de ter palavras para
deter sua raiva, deter sua força agarrando minha mão,
gostaria de saber como dizer:
Me deixa escrever — em qualquer lugar!

Mas meu tio fica perguntando sem parar:

Qual é seu problema?
Você está ficando louca?
Você não sabe que as pessoas são presas
por isso?

São só palavras, eu sussurro.
Elas não estão querendo machucar ninguém!

música

Todas as manhãs o rádio toca às sete horas.
Às vezes, Michael Jackson canta que A, B, C
é tão fácil quanto 1, 2, 3
ou Sly & the Family Stone nos agradecem
por deixá-los
serem eles mesmos.
Às vezes é uma música mais lenta, os Five Stairsteps
dizendo que
as coisas vão ficar mais fáceis, ou os Hollies cantando:
He ain't heavy, he's my brother
*So on we go...**

Minha mãe deixa a gente escolher a música que queremos
ouvir,
desde que a palavra *funk* não apareça em nenhum lugar
dela.
Mas no verão em que tenho dez anos, o *funk* está em
                                    [todas as músicas
que tocam nas rádios negras descoladas. Então nossa
mãe nos faz ouvir
músicas de brancos.

Durante toda a tarde, pessoas cafonas cantam sobre o
                                    [Colorado,   ›

---

* "Ele não é um peso, ele é meu mano/ Vamos lá..." [N. T.]

sobre como tudo é lindo,
sobre como estamos só começando.
Minha irmã se apaixona
pelos cantores, mas vou
até a casa de Maria, onde,
seguras dentro do seu quarto, com carpete rosa felpudo
e beliches,
podemos pentear o cabelo das bonecas e cantar junto quando
os Ohio Players dizem:
He's the funkiest
*Worm in the world.**
Podemos dançar
Funky Chicken,** falando aos intrusos imaginários
vem tirar o funk
da nossa cara. Dizer a palavra com tanta força e tão alto
e tantas vezes
que se torna algo diferente para nós — algo
    tão bobo
que rimos só de pensar nisso.
Funky, funky, funky,
cantamos inúmeras vezes até que a palavra seja apenas
                               [um som
sem conexão a nada de bom ou ruim,
certo ou errado.

---

*   "Ele é o verme/ Mais descolado do mundo." [N. T.]

** A música "Do the Funky Chicken" é um dos maiores sucessos do can-
tor norte-americano Rufus Thomas. O Funky Chicken é uma espécie
de dança coreográfica que consiste em colocar as mãos sob as axilas
e mover os cotovelos, imitando o movimento da galinha ao bater as
asas. [N. E.]

rikers island

Quando o telefone toca no meio da noite,
    não é
para dizer que alguém morreu. É Robert
ligando de uma prisão chamada Rikers Island.
Mesmo do meu lugar meio sonolento,
dá para ouvir minha mãe respirando fundo, sussurrando:
Eu sabia que algo assim iria acontecer, Robert. Eu sabia que
                                [você não estava
agindo certo.

De manhã, tomamos o café em silêncio, enquanto
    nossa mãe conta que
nosso tio não estará por perto por um tempo.
Quando perguntamos para onde ele foi, ela responde:
                                [*Cadeia.*
Quando perguntamos por quê, ela responde:
Não importa. Nós o amamos.
Isso é tudo que precisamos saber e continuar lembrando.
Robert pegou a estrada larga, ela diz. *E agora*
está pagando por isso.

Testemunhas de Jeová acreditam que há uma estrada
                [larga e uma estrada estreita.
Ser bom aos olhos de Deus é andar pela estrada estreita,
viver uma vida boa e pura, orar, fazer o que é certo.   ›

Na estrada larga, existe todo tipo de coisa ruim que alguém
possa imaginar. Imagino meu tio dando seus suaves
passos de dança pela estrada larga,
sorrindo enquanto a música toca alto. Imagino
ele rindo, depositando moedas nas nossas mãos,
tirando presentes da sua bolsa para nós, com uma
pulseira grossa e de ouro brilhando no punho.
Onde você conseguiu isso?, minha mãe perguntou, com o
[rosto tenso.
Não importa, meu tio respondeu. *Vocês sabem que eu amo
[vocês.*

Você está fazendo a coisa certa, Robert?, minha mãe queria
saber. *Sim*, meu tio respondeu. *Eu juro.*

Está chovendo o dia todo. Ficamos sentados em casa
esperando o sol aparecer para podermos sair.
Dell lê no canto da sala. Eu pego
meu caderno surrado
e tento escrever outro poema da borboleta.
Não vem nada.

A página parece o dia: enrugada e vazia,
não promete mais nada
a ninguém.

mudança para o interior

Da Rikers Island, meu tio é enviado
para uma prisão no interior onde podemos visitá-lo.

Não sabemos como ele vai estar,
o quanto terá mudado. E como nossa mãe
avisa para não falar, não conto a ninguém que ele está na
[prisão.

Quando meus amigos perguntam, eu respondo: *Ele se*
[*mudou pro interior.*
Vamos visitá-lo em breve.

Ele mora numa casa enorme, eu digo. *Com quintal grande*
[*e tudo.*

Mas a saudade se instala dentro de mim. Toda vez
que James Brown toca no rádio, vejo Robert dançando.

Toda vez que passa o comercial da boneca Crissy,
penso que quase ganhei uma.

Ele é meu tio favorito, digo uma tarde.

Ele é nosso ÚNICO tio, minha irmã diz.
Depois volta à leitura.

no ônibus
para dannemora

Entramos no ônibus quando o sol está beijando o horizonte.
A escuridão como uma capa que usamos por horas, nos
[cobrimos nela
e voltamos a dormir. De algum lugar acima de nós,
os O'Jays estão cantando, pedindo às pessoas de todo
[o mundo
para darem as mãos e começar o trem do amor.
A música me sacode suavemente para dentro e para fora
[do sonho
e, no sonho, um trem cheio de amor anda sem parar.

E na história que começa com a música, o ônibus
não é mais ônibus e não vamos mais para
Dannemora. Mas tem comida, risadas e
música. A garota que conta a história sou eu, mas
ao mesmo tempo não sou eu — observando tudo isso,
escrevendo o mais rápido que pode,
cantando junto com os O'Jays, pedindo a todos
que deixem o trem continuar avançando...
*"riding on through..."**

e é a história de um trem cheio
de amor e como as pessoas que viajam nele
não estão na prisão, mas são livres para dançar,   ›

* "Correndo por aí..." [N. T.]

cantar e abraçar suas famílias sempre que quiserem.
No ônibus, algumas pessoas dormem, outras
ficam olhando pela janela ou conversando baixinho.
Até as crianças ficam quietas. Talvez cada uma delas
        esteja pensando
nos seus próprios sonhos — de que pais, tios, irmãos
        e primos um dia sejam livres para embarcar.

Please don't miss this train at the station
*'cause if you miss it, I feel sorry, sorry for you.**

---

* "Por favor, não perca este trem na estação/ porque se perder, sinto muito, sinto muito por você." [N. T.]

boa demais

O ônibus sai lentamente da cidade até conseguirmos ver
as montanhas e, acima delas, o imenso céu azul.

Passando pelas montanhas.

Passando pelo mar
Passando pelos céus.
É onde logo estarei...

Uma música chega rapidamente até mim, as palavras se
[movendo
pelo meu cérebro e saindo da minha boca num sussurro,
[mas ainda
assim minha irmã ouve e pergunta quem me ensinou.

Acabei de inventar, respondo.

Não, você não fez isso, ela replica. *É boa demais. Alguém*
te ensinou.
Eu não digo mais nada. Basta olhar pela janela
e sorrir.

Boa demais, eu penso. As coisas que invento são *boas demais*.

dannemora

No portão da prisão, os guardas nos encaram e depois
                                        [lentamente
nos deixam entrar.

Meu irmão mais velho está com medo.
Ele olha para o arame farpado e
enfia as mãos nos bolsos.
Eu sei que ele gostaria de estar em casa com seu kit de
                                        [química.
Eu sei que ele quer estar em qualquer lugar, menos aqui.
Nada além de cimento e um prédio enorme e tão alto
e tão comprido e largo que não conseguimos ver
onde começa
ou onde pode terminar. Tijolo cinza, janelas pequenas
cobertas com arame. Quem consegue ver
qualquer coisa daqui? Os guardas revistam nossos bolsos,
revistam nossas sacolas, nos mandam
passar por máquinas de raio X.

Meu irmão mais velho estende os braços. Deixa os guardas
                                        [darem tapinhas
do ombro ao tornozelo, revistando
se há algo que ele possa estar escondendo...
Ele é Hope Austin Woodson II, parte de uma longa linhagem
de pessoas Woodson — da medicina, do direito e da
                                        [educação —,   ›

mas num estalar dedos ASSIM! ele pode se tornar
um número. Como Robert Leon Irby é agora
tantos números no bolso
do uniforme da prisão que é até difícil
não olhar para eles,
à espera de que se transformem em letras
que formem
o nome do meu tio.

robert, não

Quando o guarda traz nosso tio para a sala de espera
que está repleta de outras famílias
esperando, ele não é
Robert. Seu cabelo afro desapareceu,
reduzido a uma sombra preta no seu crânio perfeito.
Suas sobrancelhas estão mais grossas do que eu me
                              [lembrava, caídas
de uma forma nova e mais triste. Mesmo quando ele sorri,
abrindo os braços
para abraçar todos nós de uma vez, percebo, antes
de pular no seu abraço, que é um meio-sorriso, capturado
e preso dentro de um novo e mais triste
tio.

canção da montanha

No caminho para casa depois de visitar Robert,
observo as montanhas passarem por mim
e pouco a pouco a canção da montanha começa a vir de
[novo,
desta vez com mais palavras, mais rápido
do que posso cantá-las.

Passando pelas montanhas
Passando pelo mar
Passando pelos céus
Esperando por mim.

Olho as montanhas,
O mar tão pleno
E essa promessa do céu
repleto de glória.

Eu canto a música várias vezes,
baixinho na vidraça, a testa
pressionada contra o vidro frio. As lágrimas correm
[rápido agora.
A canção me faz pensar em Robert, no papai
e em Greenville,
e em tudo que parece ter ficado muito atrás de mim
[agora, tudo
que está acontecendo

ou já passou.

Estou pensando que se conseguir guardar essa canção na
[memória,
chegar em casa e escrevê-la, então isto vai acontecer,
serei uma escritora. Serei capaz de perpetuar
cada momento, cada memória,
tudo.

poema no papel

Quando alguém da minha família pergunta
o que estou escrevendo, costumo responder:
Nada
ou
Uma história
ou
Um poema
e só minha mãe diz:
Desde que você não escreva sobre nossa família.

E eu não escrevo.

Bem, na verdade...

Lá no alto das montanhas,
bem depois do mar
existe um lugar chamado Dannemora,
onde nenhum homem quer estar...

papai

A primavera está começando
quando minha avó manda nos buscar.

O calor nos faz acreditar novamente
que o alimento vai brotar da terra recém-descongelada.
Assim é o clima, minha mãe diz, *o papai adorava
cuidar da horta*. Chegamos
pouco antes do meu avô dar
seu último suspiro,
nós mesmos sem fôlego pela nossa primeira viagem
de avião.

Quero contar tudo para ele
o barulho que fez quando o avião decolou no céu,
cada um de nós, inclinados na janela,
olhando Nova York
ficar pequena e salpicada abaixo de nós.
Que as refeições chegavam
em bandejas minúsculas — algum tipo de peixe que
                                  [nenhum de nós gosta.
Quero contar para ele como a aeromoça deu asinhas
para prendermos nas blusas e camisas e falou para a
                                        [mamãe
que somos lindos e bem-comportados. Mas
meu avô está dormindo quando chegamos ao seu lado,
abre os olhos apenas para sorrir, se vira para que a vovó ›

possa passar cubos de gelo nos seus lábios. Ela diz:
Ele precisa descansar agora. Nessa noite
ele morreu.

No dia em que foi enterrado, minha irmã e eu usamos
                                        [vestidos brancos;
os meninos, camisa branca e gravata.
Caminhamos lentamente por Nicholtown, um longo cortejo
    de pessoas
que o amavam — Hope, Dell, Roman e eu
à frente. É assim que enterramos nossos mortos — um
                                        [cortejo silencioso
pelas ruas, mostrando ao mundo nossa tristeza, outras
pessoas que conheceram meu avô se juntando à caminhada,
crianças acenando,
adultos enxugando os olhos.

Do pó ao pó, dizemos no túmulo,
a cada punhado de terra que deixamos cair
    suavemente no seu caixão.
Te encontramos mais tarde, dizemos.
Te encontramos daqui a pouco.

saber escutar #7

Até o silêncio
tem uma história para contar.
Basta escutar. Escutar.

PARTE V

pronta
para
mudar
o mundo

depois de greenville #2

Depois que o papai morreu
a vovó vendeu a casa em Nicholtown
e deu a cadeira marrom para a dona Bell,
as roupas do papai para os Irmãos no Salão do Reino,
a mesa da cozinha e as cadeiras amarelas brilhantes
para sua irmã Lucinda em Fieldcrest Village.

Depois que o papai morreu
a vovó traz a cama em que nossa mãe nasceu
para o Brooklyn. Desembala os vestidos
no pequeno quarto vazio
no andar de baixo,
coloca a Bíblia, *A Sentinela*, *Despertai*,
e uma fotografia do papai na pequena estante marrom.

Depois que o papai morreu
a primavera se transformou em verão,
então o inverno chega tão frio e rápido,
e minha avó leva uma cadeira para a janela
da sala
observando a árvore deixar cair as últimas folhas
enquanto os meninos brincam de amarelinha e pião no
                                        [meio da rua
no nosso tranquilo Brooklyn.

Depois que o papai morreu
aprendi a pular cordas duplas, devagar,
tropeçando muitas vezes nos meus pés grandes demais.

                              [Cantando:
Salada, saladinha, bem temperadinha no inverno até
que uma tarde
a gravidade me liberta e meus pés voam livres pelas
                                         [cordas,
sal, pimenta, fogo, foguinho...

a vovó me observando.
Nossos mundos
mudados para sempre.

árvore-da-seda

Uma árvore-da-seda, verde com galhos finos, surge em
[meio
à neve. Minha avó trouxe as sementes
    lá *de casa*.

Às vezes, ela puxa uma cadeira para perto da janela e olha
    para o quintal.

A promessa de calçadas brilhantes parece ter ficado para trás
    há muito tempo, não há diamantes em lugar nenhum.

Mas alguns dias, depois que a neve cai,
o sol aparece, brilhando com a promessa de que
aquela árvore lá *de casa* se juntará a nós aqui.

Brilhando sobre o chão branco e luminoso.

E nesses dias, tanta luz e calor enchem o espaço
de um jeito que é difícil não acreditar
num pouco

de tudo.

cigarrinhos de chiclete

Dá para comprar uma caixa de cigarrinhos de chiclete
[por dez centavos
na vendinha da esquina.
Às vezes, Maria e eu vamos lá,
de mãos dadas, uma moeda
em cada um dos nossos bolsos.

O chiclete é rosa com papel branco
enrolado. Quando você põe na boca
e sopra, sai uma baforada branca.
Realmente parece que
estamos fumando.

Conversamos com os cigarrinhos de chiclete
entre os dedos. Segurando-os no ar
como as estrelas de cinema. Pendendo
da nossa boca, olhamos uma para a outra
com os olhos semicerrados,
depois rimos porque podemos ser adultas
e tão bonitas.

Quando minha irmã nos vê
brincando de fumar, ela balança a cabeça.
Foi por isso que o papai morreu, ela diz.

Depois disso,
Maria e eu tiramos o papel,
deixando nossos cigarros como simples chicletes.
Depois disso,
a brincadeira termina.

o que fica para trás

Você tem o jeito simples do papai,
a vovó me diz, segurando
a foto do meu avô
nas mãos. *Eu te vejo com*
seus amigos e consigo vê-lo de novo.

> *Where will the wedding supper be?*
> *Way down yonder in a hollow tree...* *

Nós olhamos para a foto sem falar nada.
Às vezes, não sei as palavras para as coisas,
como escrever a sensação de saber
que toda pessoa que está morrendo deixa algo para trás.

Eu tenho o jeito simples do meu avô. Talvez
eu saiba disso quando estou rindo. Talvez
eu saiba quando penso no papai
e o sinto perto o bastante
para deitar minha cabeça no seu ombro.

Lembro como ele ria, conto para a vovó,
ela sorri e responde,

⟩

---

* "Onde será o jantar de casamento?/ Lá embaixo, numa árvore oca..." [N. T.]

Porque você ri como ele.
Duas ervilhas numa vagem, vocês são.

Duas ervilhas numa vagem, nós somos.

as histórias que conto

Todo outono, a professora pede para a gente
escrever sobre as férias de verão
e ler para a turma.

No Brooklyn, todo mundo vai para o Sul
ou para Porto Rico
ou para a casa de algum primo no Queens.

Mas depois que a vovó se mudou para Nova York,
só fomos ao Sul uma vez,
para o funeral da minha tia Lucinda. Depois disso,
minha avó diz que o Sul acabou para ela
e que isso a deixa muito triste.

Mas agora
quando chega o verão

nossa família pega um avião, voa
para

África
Havaí
Chicago.

Nas férias de verão fomos pra Long Island,
pra praia. Todo mundo foi pescar e todo mundo
pegou um monte de peixes.

Mesmo que ninguém da minha família tenha estado
em Long Island
ou pescado
ou goste do oceano — muito profundo, muito assustador.
                                                                [Ainda
assim, todo outono, escrevo uma história.

Na minha redação, existe um padrasto
que mora na Califórnia, mas vai nos encontrar em
                                                [qualquer lugar.
Há uma igreja, não um Salão do Reino.
Há um carro azul, um vestido novo, cabelos livres e soltos.

Nas minhas histórias, nossa família é normal,
dois meninos, duas meninas, às vezes um cachorro.

Isso aconteceu mesmo?, as crianças da classe perguntam.

Sim, eu respondo. *Senão, como eu saberia o que escrever?*

saber escutar #8

Você se lembra...?
alguém está sempre perguntando e
alguém sempre se lembra.

destino & fé & razões

Tudo acontece por uma razão, minha mãe
diz. Depois me conta como Kay acreditava
em sina e destino: tudo
o que aconteceu ou iria acontecer
não poderia ser evitado. Os manifestantes
no Sul não apenas se ergueram e começaram
a marchar — era parte de um plano maior e mais
duradouro, que talvez pertencesse a Deus.

Minha mãe me conta isso enquanto dobramos a roupa,
                                [as toalhas brancas
separadas das coloridas. Cada
uma ameaça a outra e me lembro de quando
derramei água sanitária numa toalha azul, manchando-a
                                     [para sempre.
A toalha rosa-clara, uma lembrança
de quando foi lavada com uma vermelha. Afinal
talvez haja algo na maneira como
algumas pessoas desejam permanecer — cada uma com
                                 [sua própria família.
Mas com o tempo
talvez
tudo fique cinza.

Mesmo que todos nós tenhamos vindo pro Brooklyn,
minha mãe diz, *não foi um acidente*. E não consigo deixar ›

de pensar nos pássaros daqui — como desaparecem
no inverno,
rumando para o Sul em busca de alimento, calor e abrigo.
Rumando para o Sul
para permanecer vivos... passando por nós no caminho...

Não há acidentes, minha mãe diz. *Apenas destino, fé
e razões.*

Quando pergunto à minha mãe em que ela acredita,
ela para, com uma toalha na mão, e olha pela janela dos
[fundos.

    O outono

é intenso aqui e o céu azul, tão brilhante.

Acho que acredito no agora, ela responde. *E na ressurreição.
E no Brooklyn. E em vocês quatro.*

e se...?

A mãe da Maria nunca saísse de Bayamón, Porto Rico,
e minha mãe nunca saísse de Greenville.

E se ninguém nunca tivesse andado pelos campos e pastos
que hoje é a Madison Street e dito:
Vamos construir algumas casas aqui.

E se as pessoas do prédio da Maria não tivessem vendido
o número 1279 da Madison Street
para os pais dela
e nosso senhorio tivesse dito à minha mãe que não podia
[alugar
o 1283
para uma mãe solo com quatro filhos?

E se o parquinho com balanços não ficasse do outro lado
da Knickerbocker Avenue?

E se Maria não tivesse saído do prédio
um dia e dito:
Meu nome é Maria, mas minha mãe me chama de Googoo?
E se eu tivesse rido em vez de dizer:
Que sorte. Eu queria ter um apelido também.
Quer ir ao parquinho algum dia?

E se ela não tivesse uma irmã e dois irmãos
e eu não tivesse uma irmã e dois irmãos
e o pai dela não nos ensinasse boxe
e a mãe dela não cozinhasse uma comida tão boa?

Não consigo nem imaginar nada disso, Maria diz.

Né?, eu respondo. *Nem eu.*

aula de história de bushwick

Antes de as mães alemãs colocarem lenços
    na cabeça,
deram um beijo de despedida nas suas próprias mães e
                                      [viajaram

    pelo mundo
para Bushwick —

Antes de os pais italianos cruzarem o oceano
em busca do sonho americano
e se encontrarem em Bushwick —

Antes de as filhas dominicanas colocarem vestidos de festa
    de debutante e caminharem orgulhosas pela
                       [Bushwick Avenue —

Antes de os garotos negros de shorts rasgados soltarem os
    primeiros piões e jogarem amarelinha pela
                      [primeira vez nas
    ruas de Bushwick —

Antes de tudo isso, esse lugar se chamava *Boswijck*,

colonizado pelos holandeses
e Franciscus, o Negro, um ex-escravizado
que comprou sua liberdade.

E toda Nova York se chamava Nova Amsterdam,
    governada por um homem
chamado Peter Stuyvesant. Havia pessoas escravizadas
                                            [aqui.
Quem podia se dar ao luxo de ser dono da
sua liberdade
vivia do outro lado do muro.
E agora esse lugar se chama Wall Street.

Quando minha professora diz: *Agora escreva o que tudo*
                                        [*isso significa*
pra você, nossa cabeça se inclina sobre os cadernos,
                                        [a turma inteira
em silêncio. A turma inteira pertence a um lugar:
Bushwick.

Eu não surgi do nada.
Não acordei e do nada sabia escrever meu nome.

Continuo escrevendo, sabendo
agora que venho de muito antes.

saber escutar #9

Debaixo da varanda lá dos fundos
tem um lugar isolado onde vou
escrever tudo o que ouço.

a terra prometida

Quando meu tio sai da prisão
ele já não é mais apenas meu tio, ele é
Robert, o Muçulmano, e usa
um pequeno *kufi* preto na cabeça.

E mesmo sabendo que
nós, testemunhas, somos os escolhidos, ouvimos
as histórias que ele conta sobre
um homem chamado Maomé
e um lugar sagrado chamado Meca
e a força de todo o povo negro.

Nos sentamos em círculo ao redor dele, suas mãos
se movendo lentamente pelo ar, sua voz
mais calma e baixa do que antes
de ele ir embora.

Quando ele puxa um pequeno tapete para rezar
eu me ajoelho ao seu lado, querendo ver
sua Meca,
querendo conhecer o lugar
que ele chama de Terra Prometida.

Olhe com o coração e a cabeça, ele me diz
com a cabeça baixa.
Está bem aí na sua frente.
Você vai saber quando chegar lá.

poder para o povo

Na tela da TV, uma mulher
chamada Angela Davis conta
que está acontecendo uma revolução e que é hora

de o povo negro se defender.

Então Maria e eu caminhamos pelas ruas,
com os punhos erguidos no estilo Angela Davis.

Lemos sobre ela no *Daily News* e corremos
para a televisão sempre que ela é entrevistada.

Ela é linda e poderosa e tem
diastema no sorriso, como eu. Sonhamos
em fugir para a Califórnia
e nos juntarmos aos Panteras Negras,
a organização da qual Angela faz parte.

Ela diz que não tem medo
de morrer por aquilo em que acredita,
mas não planeja morrer
sem lutar.

O FBI diz que Angela Davis é uma das pessoas mais
[procuradas
dos Estados Unidos.

Existem tantas coisas que não entendo, por que
alguém teria de morrer
ou mesmo lutar por aquilo em que acredita?

Por que a polícia iria querer enfiar alguém que está tentando
mudar o mundo
na cadeia?

Não temos medo de morrer, Maria e eu gritamos, de
[punhos erguidos,
por aquilo em que acreditamos.
Mas nós duas sabemos: preferimos continuar acreditando
e viver.

levante a voz

Minha mãe nos diz que os Panteras Negras estão fazendo
todo o possível
para tornar o mundo um lugar melhor para as crianças
[negras.

Em Oakland, iniciaram um programa de café da manhã
[gratuito
para que as crianças em situação de pobreza possam
[fazer uma refeição
antes de ir para a escola. Panquecas,
torradas, ovos, frutas: vemos as crianças comendo
[alegremente,
cantando músicas sobre o orgulho que têm
de serem negras. Cantamos a música junto com elas,
trepamos nos postes e gritamos:
Levante a voz: sou negro e tenho orgulho, até
minha mãe gritar da janela:
Desça daí antes que quebre o pescoço.

Eu não entendo a revolução.
Em Bushwick, tem uma rua que não podemos atravessar,
[chamada
Wyckoff Avenue. Pessoas brancas vivem do outro lado.
Uma vez, um garoto do meu bairro levou uma surra
porque foi até lá.   ›

Algum dia, houve quatro famílias brancas no nosso bairro,
mas todas se mudaram, menos a senhorinha
que mora perto da árvore. Alguns dias, ela traz biscoitos
e conta histórias do antigo bairro, quando todos
eram alemães ou irlandeses e até alguns italianos
na Wilson Avenue.
Todos os tipos de pessoas, ela diz. E os biscoitos
são bons demais para eu dizer:

Menos nós.

Todo mundo sabe a que lugar pertence aqui.
Não é Greenville

mas também não são calçadas de diamantes.

Ainda não sei o que
faria as pessoas quererem conviver bem.

Talvez ninguém saiba.

Angela Davis sorri no seu diastema, linda,
    levanta o punho,
diz, *Poder para o povo*, olhando da televisão

diretamente nos meus olhos.

talvez meca

Tem um adolescente no nosso bairro sem um dos braços,
nós o chamamos de Canhoto e ele conta
que perdeu o braço no Vietnã.
Isso é uma guerra. Cês têm sorte que são muito jovens pra ir.
Não dói mais, ele diz quando nos reunimos
ao seu redor.
Mas seus olhos são tristes e alguns dias ele dá voltas
pelo quarteirão
talvez uma centena de vezes sem falar nada
com ninguém.
Quando chamamos, *Ei, Canhoto!*, ele nem olha na nossa direção.

Algumas noites, me ajoelho em direção a Meca com meu tio.
Talvez Meca
seja o lugar para onde o Canhoto vai na sua mente, quando
a lembrança de perder
o braço se torna insuportável. Talvez Meca seja
boas lembranças,
presentes, histórias, poesia, *arroz con pollo*,
família e amigos. . .
Talvez Meca seja o lugar que todos procuram...

Está bem aí na sua frente, meu tio diz.

Eu sei que vou saber
quando chegar lá.

a revolução

Não espere que sua escola ensine, meu tio diz,
sobre a revolução. Ela está acontecendo nas ruas.

Ele está fora da prisão há mais de um ano e seu cabelo
está afro de novo, balançando suavemente com o vento
                              [enquanto vamos
para o parque, ele segurando minha mão
com força mesmo quando não estamos atravessando
a Knickerbocker Avenue, como agora, quando estou
                            [muito grande para andar
de mãos dadas *e essas coisas.*

A revolução aconteceu quando Shirley Chisholm
                      [concorreu à presidência
e o resto do mundo tentou imaginar
uma mulher negra na Casa Branca.

Quando ouço a palavra
revolução
penso num carrossel com
aqueles lindos cavalos
andando como se nunca fossem parar e eu
escolhendo o roxo toda vez, subindo e alcançando
o anel dourado, uma música suave tocando.

A revolução sempre está acontecendo.

Quero escrever isto aqui, que a revolução é como
um carrossel, a história sempre está sendo feita
em algum lugar. E talvez por um curto período,
fazemos parte dessa história. E então o passeio para
e nossa vez termina.

Caminhamos devagar em direção ao parque e daqui já dá
                                              [para ver
os balanços grandes, vazios e esperando por mim.

E depois de ter escrito isso, talvez eu termine assim:

Meu nome é Jacqueline Woodson
e estou pronta para o passeio.

saber escutar #10

Escrever o que penso
que sei. O conhecimento vem.

É só continuar escutando...

uma escritora

Você é uma escritora, a sra. Vivo diz,
com seus olhos cinzentos brilhando atrás
de armações finas de arame. Seu sorriso é tão largo
que sorrio também, feliz em ouvir essas palavras
da boca de uma professora. Ela diz que é feminista
e trinta alunos do quinto ano se curvam nas carteiras
onde os dicionários esperam para abrir mais
um mundo para nós. A sra. Vivo faz uma pausa, observa
[nossos dedos voarem.
O *Webster* tem as respostas.
Direitos iguais, um menino chamado Andrew grita.
Para mulheres.
Minhas mãos congelam nas finas páginas brancas.
Assim como o povo negro, a sra. Vivo também faz parte de
[uma revolução.

Mas, neste momento, essa revolução está muito longe de mim.
Neste momento, bem *aqui* e *agora*, minha professora
me diz:
Você é uma escritora, enquanto lê um poema que estou
[começando.
Os primeiros quatro versos, roubados
da minha irmã:
Irmãos negros, irmãs negras, todos foram fenomenais
sem temer, sem tremer, mas com vontade de lutar...

Pode ficar, Dell disse quando viu.
Eu não quero ser poeta.

E aí meu próprio lápis vai se movendo até tarde da noite:

>*Em casas grandes e bonitas viviam pessoas brancas*
>*em barracos velhos viviam pessoas negras*
>*mas o povo negro não é contido*
>*do terror não tomam partido*
>*Um deles, Martin,*
>*o coração de ouro.*

Você é uma escritora, a sra. Vivo diz, me devolvendo o
                                            [poema.

E de pé na frente da turma
pegando o poema
minha voz treme enquanto recito o primeiro verso:

>*Irmãos negros, irmãs negras, todos foram fenomenais...*

Mas minha voz fica mais forte a cada palavra porque
mais do que qualquer outra coisa no mundo,
quero acreditar nela.

cada desejo, um sonho

Cada dente-de-leão rebenta,
cada *luz esfuziante, estrela brilhante,*
Olho a primeira estrela, deslumbrante.

Meu desejo é sempre o mesmo.

Cada cílio caído
o primeiro vaga-lume do verão...

O sonho permanece.

O que você deseja?
Ser uma escritora.

Cada centavo encontrado
o devaneio e o sonho noturno
até quando dizem que é um sonho impossível...!

Eu quero ser uma escritora.

Cada nascer e pôr do sol, cada canção
contra uma vidraça fria.

Passando pelas montanhas.

Passando pelo mar.

Cada história lida,
cada poema lembrado:

Eu amava meu amigo
e
quando vejo bétulas balançando pra lá e pra cá
e
"Não", a criança respondeu: "mas estas são as feridas do Amor."

Cada memória...

O sr. Sapo foi namorar, ele foi passear.
Hum hum.

me aproximando
cada vez mais do sonho.

a terra lá de longe

Todos os sábados de manhã, vamos correndo
ver a televisão. Assim que começa a música tema
de *The Big Blue Marble*, nós quatro cantamos junto:

A terra é uma grande bola de gude azul quando você vê lá de
                                                    [longe.

Então a câmera dá um zoom na bola de gude,
        o azul se tornando
água, depois terra, depois crianças na África, no Texas,
        na China,
na Espanha e às vezes em Nova York! O mundo
perto o bastante para ser tocado e crianças de todos os
                                                    [lugares
na nossa sala! Contando suas histórias.

O sol e a lua declaram que nossa beleza é muito rara...

O mundo — *meu* mundo! — como palavras. Antes
só havia a letra *J* e a mão da minha irmã
segurando a minha, me guiando, prometendo
o infinito. Essa grande bola de gude azul
de mundo, palavras, pessoas e lugares

dentro da minha cabeça e

em algum lugar lá de longe também.

Tudo isso é meu agora, se eu souber ouvir

e escrever.

em que acredito

Acredito em Deus e na evolução.
Acredito na Bíblia e no Alcorão.
Acredito no Natal e no Novo Mundo.
Acredito que há algo de bom em cada um de nós,
não importa quem somos ou em que acreditamos.
Acredito nas palavras do meu avô.
Acredito na cidade e no Sul,
no passado e no presente.
Acredito na união das pessoas negras e brancas.
Acredito na não violência e no "Poder para o Povo".
Acredito na pele clara do meu irmão mais novo e na minha
    pele retinta.
Acredito no brilhantismo da minha irmã e nos livros
                                [fáceis demais
    que adoro ler.
Acredito na minha mãe no ônibus e nas pessoas negras
    que se recusam a levantar.
Acredito nas boas amizades e na boa comida.

Acredito em hidrantes jorrando e pular corda,
Malcolm e Martin, Buckeyes e Birmingham,
escrever e escutar, palavrinhas e palavrões —
Acredito no Brooklyn!

Eu acredito em um dia e algum dia, e neste
    momento perfeito chamado *Agora*.

cada mundo

Quando existem muitos mundos,
você pode escolher aquele
no qual entrar a cada dia.

Pode se imaginar brilhante como sua irmã,
se movimentar mais lentamente, quieto e atencioso
                      [como seu irmão mais velho
ou soluçando de tanta alegria e risadas
como o bebê da família.

Você pode se imaginar uma mãe agora, subindo
num ônibus ao anoitecer, se virando
para dar tchau aos filhos, observando
o mundo da Carolina do Sul desaparecer atrás de você.

Quando existem muitos mundos, o amor pode te
                              [envolver,
dizendo: *Não chore*. Dizendo: *Você é tão boa quanto*
                          [*qualquer pessoa.*
Dizendo: *Continue se lembrando de mim*. E você sabe,
                   [mesmo quando o
    mundo explode
à sua volta, que você é amada...

A cada dia um novo mundo
se abre para você. E todos os mundos que você é —

Ohio e Greenville
Woodson e Irby
cria de Gunnar e filha de Jack,
testemunha de Jeová e incrédula
que escuta e escreve
Jackie e Jacqueline —

se reúnem num mundo
chamado Você

onde Você decide

como cada mundo
e cada história
e cada final

finalmente será.

A HISTÓRIA NÃO TERMINOU

mais sete
poemas de
Jacqueline Woodson

se

Se a mãe da minha mãe não tivesse nascido em Anderson,
                                       [Carolina
    do Sul,
mas em Hollywood...

Se a mãe do meu pai tivesse dito *Estou saindo de Ohio*
e pegado um ônibus para Chicago...

Se meus avós quisessem pilotar aviões
e fossem até Tuskegee...

Então talvez

eu tivesse nascido num lugar onde

teria crescido e me tornado uma estrela de cinema

ou dançarina

ou parte de alguma grande e vasta revolução por vir,
mas

Minha avó ficou na Carolina do Sul e
minha outra avó ficou em Ohio

então nasci uma Buckeye
tendo como paisagem as minas de carvão e linhagens
[familiares

e talvez isso

tivesse de ter acontecido.

depois

Depois de tantas noites à mesa da cozinha, cabeças
    unidas
em sussurros raivosos
Depois de tantos pratos batidos
Depois de tantos domingos na casa de Nelsonville,
com Hope e Grace tentando ajudar
uma esposa de vinte e dois anos a entender
seu marido de vinte e quatro
Depois de tantas lágrimas
Depois de muitos invernos em Ohio...

as malas da minha mãe estão prontas
os rostos dos seus filhos estão limpos
e é quase primavera

a época de novos começos.

no quintal,
debaixo da árvore-da-seda

As testemunhas de Jeová acreditam
que estamos neste mundo,
mas não fazemos parte dele.
É por isso que não juramos à bandeira nem comemoramos
[feriados.

Mas às vezes vou para nosso quintal e me sento
debaixo da árvore-da-seda. As flores cor-de-rosa têm cheiro
de tudo que adoro em Greenville: ar suave e
silêncio,
o ranger do balanço da varanda,
a casa da dona dos doces — sorvete de creme de limão numa
casquinha de açúcar.

O Sul é outro mundo agora.
Todo verão entramos lá,
sentindo falta dali.

vovó na janela

Alguns dias, ela fica sentada na janela do andar de cima
[por horas.
Certa vez, um passarinho empoleirado no parapeito da
[janela
cantou rapidamente uma canção
e depois voou para longe.

A gente teve um desses lá em Greenville, a vovó disse,
abaixou a cabeça
e chorou.

saber escutar

Se sua história for verdadeira,
a vovó nos lembra,
você vai se lembrar dela.

duas travessias

Cada pessoa que morre
flutua para o lado. Abrindo espaço
para quem está por vir.

Talvez elas se encontrem
na sua travessia. Talvez elas acenem
enquanto voltam para casa.

sonhos de uma menina negra

Quais os sonhos dessa menina negra, minha professora quer
        saber.
Olhando assim pela janela.
A cabeça entre as mãos e os olhos — longe daqui.
Com quem você está sonhando, querida?

Volte pra sala de aula, minha linda menina negra.
Acho que você está viajando pra outro lugar.
Onde está sua cabecinha agora?

Lá fora, o inverno corta o ar,
passa furtivamente pela vidraça da sala de aula, e lá embaixo
de um caminhão,
um pássaro congelado é farejado por um gato vira-lata,
ainda não conheço a palavra *desdém*

Mas neste momento o mundo parece distante
e eu sonho que um dia entro nele para descansar os pés
na areia desconhecida, tocar a mão de um menino ou
                                        [menina
lá do outro lado — onde agora é noite, ou
        é verão.

E talvez eu volte para cá, uma menina diferente com
apenas uma nota de quem eu era ressoando em algum
                                [lugar perto   ›

de mim, e conforme a professora fala suas palavras,
de repente elas
se transformam num poema que posso cantar numa
[tarde laranja
dentro de uma sala de aula onde as pessoas saberão meu
[nome.

ÁRVORE GENEALÓGICA DA FAMÍLIA WOODSON

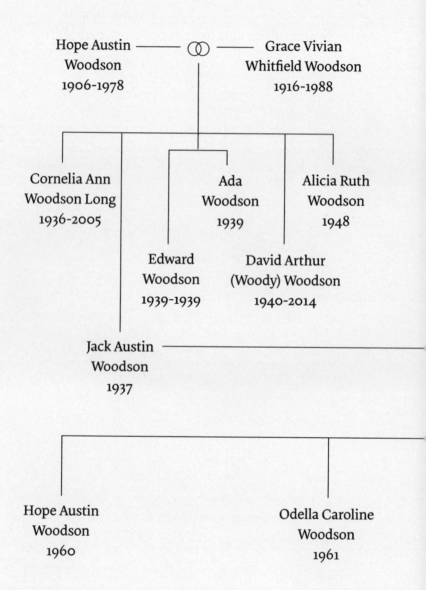

ÁRVORE GENEALÓGICA DA FAMÍLIA IRBY

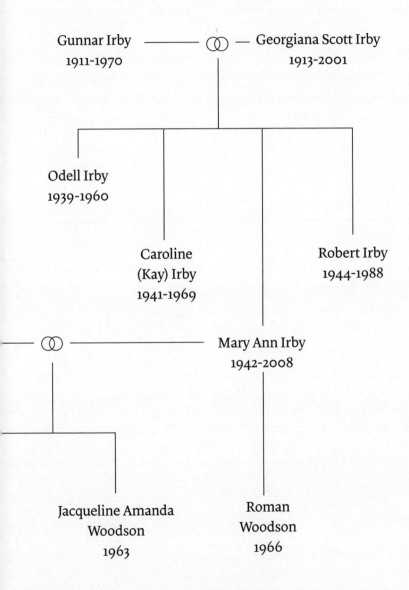

nota da autora

A memória é estranha. Quando comecei a escrever *Sonhos de uma menina negra*, minhas lembranças de infância de Greenville voltaram à minha mente — momentos singelos e outros mais intensos. Coisas nas quais eu não pensava havia anos e coisas que nunca esqueci. Quando comecei a escrever todas essas memórias, percebi o quanto sentia falta do Sul. Então, pela primeira vez em muitos anos, voltei para "casa" e vi primos que não via desde que era pequena, ouvi histórias que tinha ouvido muitas vezes da minha avó, percorri estradas que agora são muito diferentes, mas de algum modo ainda são iguais, estradas da minha infância. Foi uma jornada agridoce. Eu gostaria de ter percorrido essas estradas novamente com minha mãe, meu avô, meu tio Robert, minha tia Kay e minha avó. Mas todos fizeram sua própria jornada para o próximo lugar. Então, dessa vez, fiz a travessia sozinha. Ainda assim, parecia que cada uma dessas pessoas estava comigo — todas elas profundamente gravadas agora, na memória.

E é isto que este livro é: meu passado, meu povo, minhas memórias, minha história.

Eu sabia que não poderia escrever sobre o Sul sem escrever sobre Ohio. E embora eu fosse apenas bebê quando morávamos lá, tenho o presente da minha incrível tia Ada Adams, que é genealogista e historiadora de família. Ela era a pessoa a quem recorrer, e preencheu muitas lacunas na minha memória. Tia Ada me levou de volta para

Columbus. Enquanto escrevia este livro, voltei para Ohio com minha família. Tia Ada nos levou numa viagem pelos caminhos subterrâneos da Underground Railroad, mostrou os túmulos dos nossos avós e bisavós, me contou muitas histórias que não conheci quando criança. Tia Ada não me mostrou apenas o passado, mas também me ajudou a compreender o presente. Muitas vezes me perguntam de onde vêm minhas histórias. Agora sei que elas fazem parte de um continuum — minha tia é uma contadora de histórias. Minha mãe e minha avó também. E a história que tia Ada me mostrou — a rica história que é *minha* história — me deixou ao mesmo tempo orgulhosa e reflexiva. As pessoas que vieram antes de mim trabalharam arduamente para tornar este mundo um lugar melhor para mim. Sei que meu trabalho é tornar o mundo um lugar melhor para as pessoas que virão depois. Enquanto eu me lembrar disso, poderei continuar a fazer o trabalho que fui designada a fazer aqui.

Na jornada de escrita deste livro, meu pai, Jack Woodson, interveio sempre que pôde. Enquanto escrevo isso, sorrio porque ele sempre me faz rir. Gosto de pensar que adquiri um pouco do seu senso de humor. Eu demorei muitos anos para conhecê-lo. Quando o encontrei novamente, aos catorze anos, foi como se a peça de um quebra-cabeça tivesse caído do céu e pousado exatamente no lugar ao qual pertencia. Meu pai é aquela peça do quebra-cabeça.

As lacunas também foram preenchidas pela minha amiga Maria, que me ajudou na jornada com fotos e histórias. Quando éramos pequenas, costumávamos dizer que um dia seríamos velhinhas juntas, sentadas em cadeiras de balanço, relembrando nossa infância e rindo. Somos amigas há quase cinco décadas e ainda nos chamamos de *Minha Melhor Amiga Para Sempre*. Espero que todos tenham um *Amiga Para Sempre* na sua vida.

Mas, no fim das contas, eu estava sozinha com *Sonhos de uma menina negra* — percorrendo essas memórias e descobrindo o sentido de mim mesma como escritora de uma forma que nunca havia feito antes.

Muitas vezes me perguntam se minha vida foi difícil enquanto crescia. Acho que foi muito complicada e muito rica. Olhando para trás, acho que foi ao mesmo tempo comum e incrível. Eu não conseguiria imaginar outra vida. Sei que tive a sorte de nascer numa época em que o mundo estava mudando loucamente — e que fiz parte dessa mudança. E sei que fui e continuo sendo amada.

Eu não poderia pedir mais nada.

agradecimentos

Sou grata pela minha memória. Precisei de ajuda nesta jornada, por isso agradeço à minha fabulosa editora, Nancy Paulsen. Também tive ajuda de Sara LaFleur. Este livro não existiria no mundo sem minha família, incluindo Hope, Odella e Roman, Toshi, Jackson-Leroi e Juliet — agradeço a paciência, a leitura e a releitura minuciosas. Agradeço à minha amiga de sempre, Maria Cortez-Ocasio, ao seu marido, Sam, e às suas filhas Jillian, Samantha e Angelina. E até ao seu neto, o pequeno Sammy. E, obviamente, à sua mãe, Darma — agradeço por me alimentar tão bem ao longo desses anos.

Toshi Reagon, por ler este livro e por se sentar comigo enquanto eu o desenvolvia. Agradeço a sua música, sua orientação, suas histórias.

Do lado de Ohio: um superobrigada à minha tia Ada — genealogista extraordinária! —, à minha tia Alicia, ao meu tio David e, lógico, ao meu pai, Jack Woodson.

Do lado de Greenville: muito obrigada aos meus primos Michael e Sheryl Irby, Megan Irby, Michael e Kenneth Sullivan, Dorothy Vaughn-Welch, Samuel Miller, La'Brandon, Monica Vaughn e todos os meus outros parentes que abriram suas portas, me deixaram entrar, me contaram suas histórias!

Na Carolina do Norte, agradeço a Stephanie Grant, Ara Wilson, Augusta e Josephine por aquele quarto de hóspedes fabulosamente silencioso e pelo jantar durante muitos dias, até que este livro estivesse perto de chegar ao mundo.

Nos lados do Brooklyn e Vermont: agradeço à minha comunidade. Muito obrigada a todos vocês!

Em memória: agradeço à minha mãe, Mary Ann Woodson, aos meus tios Odell e Robert Irby, à minha avó Georgiana Scott Irby, ao meu avô Gunnar Irby e à minha tia Hallique Caroline (Kay) Irby.

Esses agradecimentos não estariam completos sem mencionar as inúmeras professoras e professores que, de muitas maneiras diferentes, orientaram essa menina negra em direção ao seu sonho.

Brown Girl Dreaming
© Jacqueline Woodson, 2014

Todos os direitos desta edição reservados à Todavia.

Grafia atualizada segundo o Acordo Ortográfico da Língua Portuguesa de 1990, que entrou em vigor no Brasil em 2009.

edição — Mell Brites
assistência editorial — Laís Varizi
preparação — Silvia Massimini Felix
revisão — Jane Pessoa, Ana Alvares
capa — Theresa M. Evangelista, Penguin Random House
produção gráfica — Aline Valli
composição — Nathalia Navarro

Dados internacionais de Catalogação na Publicação (CIP)

Woodson, Jacqueline (1963-)
  Sonhos de uma menina negra / Jacqueline Woodson ; tradução nina rizzi. — 1. ed. — São Paulo : Baião, 2023.

  Título original: Brown girl dreaming
  ISBN 978-65-85773-12-6

  1. Literatura juvenil. 2. Literatura americana. 3. Juventude. 4. Direitos civis. 5. Racismo. 6. Autobiografia. 7. Família. I. rizzi, nina. II. Título.

CDD 028.5

Índice para catálogo sistemático:
1. Literatura juvenil 028.5

Bruna Heller — Bibliotecária — CRB-10/2348

fonte — Lygia
papel — Pólen natural 80 g/m²
impressão — Geográfica

baião

Rua Luís Anhaia, 44
05433.020 São Paulo SP
t. 55 11 3094 0500
www.baiaolivros.com.br